KB269469

少林棍王 소림곤왕

한성수 新무협 판타지 소설

FANTASTIC ORIENTAL HEROES

소림군왕 4

한성수 新무협 판타지 소설

초판 1쇄 찍은 날 § 2009년 8월 27일
초판 1쇄 펴낸 날 § 2009년 9월 7일

지은이 § 한성수
펴낸이 § 서경석

편집장 § 문혜영
편집 § 서지현

펴낸곳 § 도서출판 청어람
등록번호 § 제1081-1-89호
등록일자 § 1999. 5. 31
어람번호 § 제2-1808호

주소 § 경기도 부천시 원미구 심곡2동 163-2 서경B/D 3F (우) 420-822
전화 § 032-656-4452 팩스 § 032-656-4453
http://www.chungeoram.com
E-mail § eoram99@chollian.net

© 한성수, 2009

ISBN 978-89-251-1913-7 04810
ISBN 978-89-251-1861-1 (세트)

少林棍王

소림곤왕

4

전장의 주 (戰場之主)

한성수 新무협 판타지 소설

FANTASTIC ORIENTAL HEROS

目次

제30장 호가호위(狐假虎威)　　7

제31장 천룡위주(天龍位主)　　41

제32장 임기응변(臨機應變)　　73

제33장 전장지주(戰場之主)　　101

제34장 승자패자(勝者敗者)　　131

제35장 천기마야(天氣魔爺)　　165

제36장 삼절신풍(三絶新風)　　195

제37장 환골탈태(換骨奪胎)　　225

제38장 대회전야(大會前夜)　　259

제39장 묵룡천뢰(墨龍天雷)　　287

第三十章

호가호위(狐假虎威)

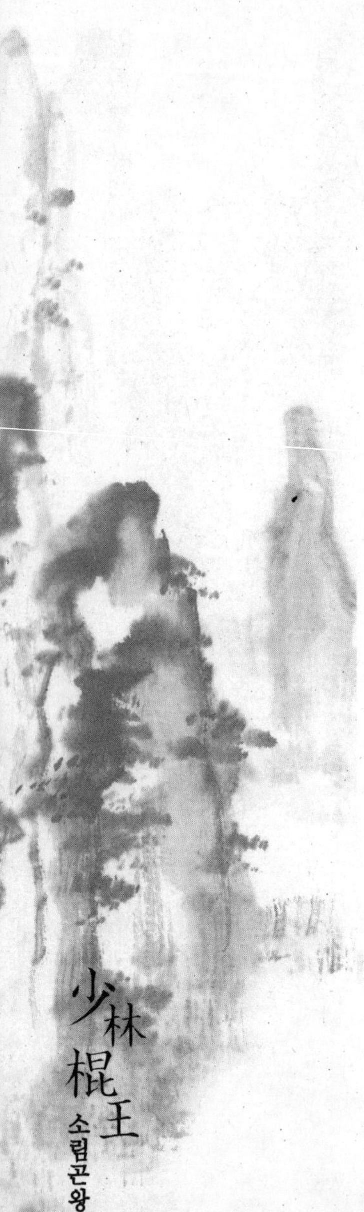

少林
棍王
소림곤왕

사부는 고독한 늑대였으나 제자는 영악한 여우라
단지 호랑이의 위세를 빌릴 수 있을 뿐이다!

원단.

칼바람이 몰아치는 절강성의 유군 진영에는 새벽부터 밥
짓는 연기가 그득하다.

지난 수개월간 곤왕 유대유가 부재중임을 눈치챈 해월왕
의 해월낭인대는 무자비한 공격을 감행해 왔다. 여태까지 유
군을 피해 다녔던 것과는 달리 대놓고 기습전을 벌여온 거다.

개개인이 접쇄식의 보도(寶刀)를 든 해월낭인대!

일반적인 군병으로는 감당이 되지 않는다.

전날 첫 번째 공격 때는 절강성에 주둔해 있던 일만 명의
대병이 십분지 일밖에 안 되는 해월낭인대에게 도륙당한 적

도 있었다.

그에 대한 대비책이 필요치 않을 수 없다.

유대유는 자신의 유군에 무림인들을 박아놓고, 집단 창격 전법을 고안했다. 같은 도검으론 절대로 해월낭인대의 무시무시한 보도를 막아낼 수 없다는 판단이었다.

과연 그 방법은 효과가 있었다.

유대유와 그가 선별한 무림인들의 무위가 더해진 유군의 집단 창격전법은 몇 차례의 싸움에서 해월낭인대를 박살냈다. 꽁무니가 빠지게 도주하게 만든 거다.

모두 과거의 얘기일 뿐이었다.

다시 시작된 해월낭인대의 첫 번째 기습에서 유군은 유대유가 부재한 상태임을 만천하에 공개했다. 그가 고안한 집단 창격전법의 핵심을 지켜낼 사람이 없는 상태로 다시 그 무시무시한 해월낭인대를 감당해 내야만 하게 된 셈.

결과?

누구나 예상할 수 있을 터였다. 그리고 첫 번째 시작은 분명 그리 흘러가고 있었다. 총 십 개 조로 나뉜 채 맹격을 해온 해월낭인대에 유군의 진영이 거의 난도질당하기 직전에 이르렀을 때까지는 말이다.

반전은 곧 이뤄졌다.

유군의 진영을 초토화시켜 버릴 기세로 몰려들었던 해월 낭인대는 하늘을 가득 메운 화살의 비를 만나야만 했다.

더불어 사방에서 튀어나온 창병과 도수병들!

유대유가 고안한 집단 창격전법에 더해 해월낭인대와 동등한 접쇄식 도검으로 무장한 도수병들이 난입해 왔다. 철저할 정도로 해월낭인대 특유의 기습 전법과 검술을 분석하고서.

시산혈해!

전장에선 일상적으로 벌어지는 일이다.

양측 모두 무수히 많은 사상자가 생겨났으나 결국 유군은 첫 번째 해월낭인대의 폭풍 같은 공격을 방어해 냈다. 누구도 예상치 못했던 일이었다.

그렇다 해도 한 번쯤은 행운이란 말을 떠올릴 만하다.

그 뒤로 수차례에 걸쳐서 해월낭인대는 그 말을 확인하려는 듯 유군에게 달려들었고, 다시 물러나야만 했다. 유대유가 없음에도 유군은 강했다. 지난 사 년간의 단련이 그 같은 일을 가능케 했음은 물론이었다.

그렇게 초가을부터 시작된 싸움은 겨울까지 이르렀고, 지금 역시 진행 중이었다.

막사에 철탑같이 좌정한 채 어깨를 붕대로 감고 있던 척호에게 동안의 군병이 쪼르르 다가들었다. 두 손에는 그릇 하나가 들려져 있는데, 김이 모락모락 나는 교자가 한가득 담겨져 있었다.

“장군, 식사하십시오!”

“교자인가?”

“예, 춘절이잖습니까.”

“춘절에 교자라…….”

척호가 군병의 손에서 그릇을 받아 들곤 입가에 굵직한 미소를 매달았다. 문득 소주 곤산장 시절이 떠오른다.

‘자건이 녀석하고 나는 교자라면 환장을 해서 관 노사님 몰래 몇 그릇씩이나 훔쳐먹곤 했었는데…….’

엽자건.

곤산장에서 형제처럼 지냈던, 꽤나 많은 동문들 중에서도 종종 생각나곤 하는 얼굴이다. 생사를 모른 채 헤어진 때문만은 아니다. 그만큼 우의를 나눴던 존재인 까닭이다.

우물!

교자 하나를 입 안에 넣고 씹어먹은 척호가 문득 시선을 정자세로 서 있는 동안의 군병에게 던졌다.

“자네, 몇 살인가?”

“열여덟입니다!”

“나는 정직하지 않은 사람을 싫어해.”

“…이제 열여섯이 되었습니다.”

“그렇군.”

미미하게 고개를 끄덕여 보인 척호가 다시 교자 하나를 꺼내서 군병에게 건넸다.

일 개월 전 마지막 보급선이 끊겼다.

비축해 둔 군량이 넉넉지 않은 상황에서 교자 같은 걸 전군이 다 먹을 수 있을 리 만무하다. 하루 두 끼, 밥이나 굶지 않으면 다행이랄까?

군병이 몇 차례 사양하다 맛있게 먹자 아예 통째로 그릇을 내준 척호가 씨익 웃으며 말했다.

"열여섯이면 장부지. 드디어 어른의 세계에 들어온 걸 축하한다."

"…아, 예예!"

동안의 군병이 선망 어린 눈빛으로 척호를 바라보며 얼른 고개를 주억여 보였다. 과거 척호가 사부 유대유를 처음으로 만났을 때와 마찬가지로.

촤락!

척호는 한 달 전쯤 인편으로 전달된 사부 유대유의 서신을 펼쳐 든 채 눈살을 살짝 찌푸려 보였다.

내용은 간략했다.

봄까지 군영으로 돌아가지 못하니 해월왕과 정면으로 붙지 말고 방어진을 단단히 구축하고 있으란 명령!

지극히 병법의 이치에 맞는 명이다.

하지만 이건 전적으로 보급선에 문제가 없을 때만 가능한 명령이기도 했다.

─밥을 굶고는 싸울 수가 없다!

만고불변의 진리였다.

특히 유군처럼 중간중간 징집되어 급조된 병력이 상당수 포함되어 있는 위소 형태의 군은 더욱 그러했다. 나라를 지키겠다는 의지보다 배곯는 게 싫어서 입대한 자가 대다수 포함되어 있었기 때문이다.

'사부님께서는 군영을 떠나시며 내게 유군의 전권을 맡기셨다. 척가군의 운용 또한 그동안 용인해 주셨고. 그렇다면 내가 이런 곳에서 계속 머뭇거리고 있을 필요가 있을까?

병법.

척호가 유대유에게 배운 것 중 가장 값지다고 여기는 것이었다.

절세의 무공은 몇 사람을 살릴 수 있으나 불패의 병법은 수만 인을 구할 수 있고, 결국엔 나라의 명운까지도 뒤바꿔놓을 수 있다고 여겼다.

결심과 함께 척호가 유대유의 서신을 다시 잘 접어서 품속에 쑤셔 넣었다.

사부의 명, 일단은 가슴속에 담아둔다.

그가 열심히 배워 익힌 병법의 묘를 구하기 위해서.

＊　　　＊　　　＊

사천성 파중.

주변엔 온통 원단의 들뜬 기분을 풀기 위해 거리로 쏟아져 나온 사람들투성이였다. 결코 적은 숫자가 아니다.

엽자건 역시 방금 전까진 그런 사람들 중 하나였다. 감요진 과 함께 사천까지 어렵게 도주해 온 회포를 풀어볼 작정을 하고 있었다.

그의 품속에는 지금 겁탈 직전까지 이르렀던 대가로 얻은 육십 냥가량의 은자가 고이 보존되어 있었다. 다시 여설랑이 있는 홍화상단으로 돌아가고 싶지 않았기에 그동안 일한 품 삯과 정신적인 위자료를 들고 나온 거였다.

돈과 시간, 게다가 미인까지!

더 바랄 나위가 없었다. 남궁수와 당소교 등을 만나기 전까 지는 말이다.

'쳇! 이상하긴 했지. 백의검후 남궁 소저와 육우 같은 귀한 집 자손들이 파중 정도의 소도시에 모여 있을 일이란 게 그리 많은 건 아닐 테니까.'

내심 한숨을 내쉰 엽자건이 진중하게 가라앉은 시선으로 눈앞의 적포노인을 살폈다.

독존 당무양!

현 사천당가의 주인인 독암귀수(毒暗鬼手) 당기정의 부친 이자 태상 가주로 사천무림계를 암중으로 지배한다고 알려진 대고수였다. 정파를 대표하는 기라성 같은 고수들 중 오패군의 으뜸으로 일컬어지는데, 별호대로 독공(毒功)은 당가 역사상 최극에 이르렀다는 게 세간의 평가였다.

엽자건은 다른 무림의 인사들보다 당무양에 대해서 조금 더 많이 알고 있었다. 사부 보종의 독상을 치료하기 위해 예전부터 인연이 있던 그에 대해 집요하게 알아본 적이 있었기 때문이다.

그럼 어째서 당무양은 그를 찾아온 걸까?

엽자건은 사부 보종을 의심했으나 그건 절반만 맞춘 것이었다.

당무양은 근래 칠 년에 걸친 폐관수련을 예상보다 일찍 끝내고 당가를 떠나서 사천 일대를 주유하고 있던 중이었다.

이유가 없을 리 만무하다.

그는 질풍노도처럼 사천을 통과해 중원으로 향한 포달랍궁의 황금대불마차에 굴욕감을 느꼈다.

비록 이게 불문에 한정된 일이란 세가 내의 중론을 듣기는 했으나 아미파의 봉문 소식에 매우 크게 화가 났다. 어떻게든 반드시 복수하리라 마음먹은 거다.

─소림사와의 대결 결과가 어떻게 되든 상관없이, 서장으로 돌아갈 때 몰살시키리라!

다른 사람이 아니라 당무양이기에 결코 허황된 결심이라 할 수 없었다.

그에겐 십독과 십암으로 대표되는 사천당가의 비전 외에 천하에 전혀 알려진 바 없는 비장의 절기가 있었다. 어떠한 절대고수라도 중독시키고 죽일 수 있는 독공을 폐관수련의 결과로 얻은 바 있었다.

하지만 당무양의 그 같은 결심은 곧 흐지부지됐다.

모종의 이유로 포달랍궁에 관한 관심이 크게 줄어든 까닭이었다.

그러니 그가 느닷없이 파중에 모습을 드러낸 것이나 손녀인 당소교와 맞선 엽자건을 발견한 건 모두 우연이었다. 특별히 이번에 사천당가가 중심이 되어 개최되기로 한 사천무림대회에 관심이 있었던 건 아니다.

오히려 그의 관심을 잡아끈 건 엽자건이었다.

손녀인 당소교에게 전날 파천마곤 보종의 제자라는 걸 듣긴 했으나 직접 보니 느낌이 많이 달랐다. 승려라기보다는 야수나 다름없던 보종의 파괴적인 모습을 닮지 않고 유유로운 바람같이 극히 자유로운 기풍이 엿보였다. 잠시나마 만나보고 싶어진 건 그 때문이었다.

'그런데 이 녀석 더욱 나를 놀라게 하고 있지 않은가? 내가 만들어낸 무(無)의 영역을 꿰뚫어 볼 수 있다니!'

무(無)의 영역!

지난 칠 년간의 폐관수련 중 당무양이 얻은 다른 결과물 중하나였다. 찰나간에 불과하나 천하에서 가장 예민한 감각과 움직임을 보일 수 있게 하는.

근데 엽자건은 이 무의 영역에 속해 다가들던 당무양을 단숨에 간파해 냈다.

우연?

당무양은 그런 걸 그다지 믿지 않는 사람이었다. 문득 엽자건에게 흐릿한 미소를 던진 당무양이 미미하게 고개를 끄덕여 보였다.

"그래, 존사께서는 별래무양하신지 모르겠군? 소교에게 듣자니, 몸이 많이 상한 듯하던데?"

"다행히 사부님께서는 소림사에서 현재 정양 중이십니다. 앞으로 육십 년 정도밖엔 못 사실 것 같아 걱정입니다만."

"허허, 그건 큰일이로군."

다시 고개를 끄덕여 보인 당무양의 시선이 일순 날카롭게 변했다.

창공을 노닐던 매와 같은 눈빛!

아직은 여유있는 기색을 유지하고 있는 엽자건의 심부를 대번에 꿰뚫어 볼 것 같다. 적어도 엽자건의 뒤에 몸을 숨기고 있는 감요진은 그런 느낌을 받았다.

'무서운 눈빛이다! 환몽사안을 시전할 엄두조차 내지 못하겠어!

감요진은 몸을 가볍게 떨었다. 엽자건의 귀밑머리 사이로 보이는 당무양의 시선에 오싹 소름이 돋았다.

그때다.

엽자건의 소지가 미묘한 움직임을 보였다. 감요진의 손가락을 살짝 건드린 것이다.

짜릿!

감요진은 일순 몸이 후끈 달아오르는 걸 느꼈다. 엽자건의 손가락에서 흘러든 기이무쌍한 진기가 그녀를 그리 만들었다. 그로 인해 어느새 당무양에게서 느꼈던 압박감이 현저히 소멸했음은 물론이다.

'이런 녀석을 봤나?'

당무양 같은 대고수가 엽자건의 그 같은 움직임을 눈치채지 못했을 리 만무하다.

그의 시선이 더욱 예리하게 변했다.

"저 처자는 어째서 남장을 하고 있는 것인가? 얼굴 역시 역용을 하고 있고."

'역용이 아니라 예인의 화장입니다만?'

엽자건이 내심 정중하게 반박한 후 싱긋 웃어 보였다. 다행히 처음에 생각했던 것처럼 당소교의 사주나 사부 보종과 맺은 은원을 풀고자 자신을 찾아온 건 아닌 것 같다.

"자세한 사정은 말할 수 없습니다만, 현재 제가 수행하고 있는 분입니다."

"수행을 하고 있다?"

"예, 저는 사부님의 명으로 보표의 임무를 맡고 있는 중입니다."

"보표라……."

당무양이 다시 감요진을 살피며 말끝을 끌어 보았다. 그녀의 신분이 보통이 아니라 여긴 거다.

그러나 그는 더 이상 캐묻지 않았다.

무림 중에서 이와 같은 일은 비일비재(非一非再)하다. 이미 엽자건이 사부 보종의 이름까지 언급했는데, 더 캐묻는 건 도리가 아니었다.

게다가 그는 여전히 자신의 무의 영역을 한눈에 간파해 낸 엽자건에게 더욱 관심이 집중되어 있었다. 어떻게든 확인을 해봐야 직성이 풀릴 것 같았다.

"자네, 이곳이 번잡스럽다고 생각하지 않는가?"

"죄송하지만 저는 그냥 이곳에 있는 편이 좋을 것 같습니다."

"어째서 그렇지?"

"저는 절대로 선배님이 생각하는 정도의 인물이 못 되니까요."

"내가 생각하는 정도의 인물?"

"예."

단호한 엽자건의 대답에 당무양이 일순 입꼬리를 살짝 일그르뜨렸다. 일순 선배로서의 체면조차 생각지 않고 손을 쓸 뻔했다. 그 정도로 화가 난 것이다.

"……."

그러나 엽자건은 여전히 웃어 보일 뿐이다. 절대로 당무양이 사람이 잔뜩 모여 있는 장소에서 치명적인 독공이나 암기술을 사용하진 않을 거라 확신한 듯하다.

'쯔쯧! 사부는 고독한 늑대였는데… 제자는 영악한 여우인 것인가?'

여우.

아무리 잔머리를 굴려도 대산(大山)의 주인이 되진 못한다. 진짜 대호(大虎)를 만나면 결코 상대가 될 수 없기 때문이다. 고작해야 호가호위(狐假虎威) 따위를 할 수 있을까?

당무양이 입꼬리를 슬쩍 치켜올렸다.

조소다.

방금 전까지 엽자건을 향해 근질거리던 손가락의 요동이 사라져 버렸다. 흥미 역시 마찬가지다.

당무양이 다시 한차례 엽자건을 지그시 눈으로 살핀 후 천천히 신형을 돌려세웠다.

뚜렷한 선배와 후배의 관계!

여기서 엽자건에게 강요하는 건 선을 넘는 행동이었다. 특히 상대가 소림사를 등에 짊어진 파천마곤 보종의 제자라면.

웅성웅성!

시끌시끌!

다시 정상적으로 돌아온 저잣거리.

마치 당무양의 등장 자체가 꿈이었던 것처럼 느껴질 만큼 현실감이 넘친다.

잠시 당무양과 만났던 때를 머릿속으로 그려본 엽자건이 어깨를 한차례 추어 올렸다.

천하는 과연 넓다.

소림사를 제외하고도 고수는 많다는 생각 역시 든다. 자신의 부족함을 여실히 깨달을 수 있을 만큼.

그때 감요진이 조심스런 기색으로 말했다.

"독존 당무양. 들었던 것보다 대단한 고수잖아?"

"대단한 고수지! 나, 잠시 동안 저 노인네와 싸우고 싶어서 온몸이 근질거려서 혼났다구!"

"뭐?"

감요진이 입가에 가소롭다는 미소를 떠올린 채 엽자건을 바라보다 눈을 크게 떴다. 그의 말이 결코 농담이 아니란 걸 깨달은 것이다.

"자건, 독존 당무양은 오패군의 우두머리로 불리는 사람이야. 봤다시피 실제론 더 대단하고. 자건이 꽤 센 건 알지만 스스로를 과신하면 안 되는 거야."

"과신?"

“그래, 과신! 게다가 정파의 고수들은 체면을 목숨보다 더 중요시 여기는 치들인데, 당무양쯤 되는 사람이 어찌 새카만 후배인 자건과 싸우려 하겠어?”

“세상에 절대란 건 없잖아. 게다가…….”

“게다가?”

“…게다가 저 선배는 녹슨 칼이 아니라, 생생하고 바짝 날이 서 있는 보검이야. 여차하면 어떤 상황에서건 목숨을 걸고 덤벼들 사람이란 뜻이지.”

“…….”

감요진이 미간을 좁혀 보였다. 엽자건이 까마득한 선배이자 절대고수인 당무양을 마치 평가하는 듯 말하니 왠지 이상한 기분이 들었다.

그때 당무양이 사라져 간 거리를 한차례 힐끔거린 엽자건이 늘어지게 기지개를 켜곤 말했다.

“그럼 슬슬 교자라도 먹으러 가볼까?”

“교자?”

“춘절이잖아? 교자를 먹고 한 살을 더 먹어야지.”

“교자만 먹기로 하자.”

“교자만?”

“그래, 교자만!”

말끝에 힘을 준 감요진이 엽자건의 얼굴을 빤히 바라봤다. 그의 생생한 젊음을 두 눈 깊숙이 새겨라도 두려는 것처럼.

                    *   *   *

　엽자건과 헤어진 당무양은 한동안 미간 사이에 깊은 고랑을 만들고 있었다.

　왜인지 이유는 모르겠으나 찜찜했다.

　무의 영역을 한눈에 꿰뚫어 본 엽자건을 대호가 아니라 여우라 생각한 게 성급한 판단이 아니었나 의심이 든다. 대선배로서의 체면만 아니었다면 당장 발걸음을 돌려 다시 확인을 해보고 싶을 정도였다.

　'아서라! 나는 대유와의 약속을 지키는 것만도 벅찰 터! 진짜 대호와의 약속을 미뤄둔 채 어찌 작은 어린애한테 신경을 쓸 수 있겠는가!'

　곤왕 유대유와 당무양 간의 약속!

　향후 격변하는 천하 무림계의 판도를 좌우할 수도 있는 대사건이다. 내심의 찜찜함을 삭이고 발걸음을 빨리하는 건 바로 그 때문이었다.

　그렇게 당무양이 파중을 빠져나가려 외곽을 향해 걸음을 빨리하고 있을 때였다.

　문득 그의 눈이 다시 가늘어졌다.

　저 멀리 한 떼의 무림인들이 우르르 몰려오고 있는 광경이 보였다. 젊은이들이 상당수다.

대략 십수 명쯤 되려나?

그중 당무양의 시선을 잡아끈 자가 있다. 무리의 중심을 당당하게 차지하고 있는 육 척 장신에 준수한 외모를 지닌 청의의 청년이었다.

'호오! 근래 후기지수 중에 얼마나 많은 인재가 나왔단 말인가?'

폐관수련에 투자한 칠 년이란 시간은 결코 짧지 않다. 후기지수에 대해 아는 바가 극히 적은 것도 무리는 아니다.

당무양은 청의청년에게 엽자건만큼 관심이 갔다. 그 정도로 빼어난 정기를 뿜어내고 있었기 때문이다.

'어디……'

당무양이 다시 무의 영역 속에 자신을 포함시켰다. 청의청년을 시험해 보기 위함이었다.

'으음……'

한 떼의 후기지수들과 함께 걷고 있던 대로검자 유백온의 안색이 살짝 변했다.

인당 부근이 갑자기 저릿해 온다.

근래 사조인 무당파 장문인 태극검성 풍암 진인의 도움으로 열린 상단전이 강한 위기감을 그에게 전해주고 있었다. 전날 평생 남을 깊은 상처를 남긴 백의검후 남궁수와의 싸움에서도 느껴본 적이 없던 감각이다.

그때 걸음을 잠시 멈춰 세운 유백온을 향해 같은 육우에 속한 낙일검가의 성대경, 성인경 형제가 의혹 어린 시선을 던졌다. 같이 이름을 나란히 하고 있다곤 하나 무공의 수준에선 이미 월등한 차이가 난 지 오래다. 유백온과 같이 상단전이 열렸을 리 만무하다.

성대경이 말했다.

"유 대형, 어째서 갑자기 걸음을 멈춘 것입니까? 혹여 마음에 걸리는 일이라도 있으신 겁니까?"

'마음에 걸리는 일이라……'

유백온은 대번에 성대경의 심사를 간파해 냈다. 자신이 남궁수와의 만남에 대한 부담감 때문에 걸음을 늦췄다고 여기고 있다는 것을.

"형님, 무슨 말씀을 그리하시는 겁니까?"

유백온의 입가에 고소가 떠오르는 걸 본 성인경이 얼른 목소리를 높여 책망했다. 자칫 어렵사리 균현에서 데려 나온 유백온이 이대로 발길을 돌릴까 봐 두려웠기 때문이다.

"아니, 나는 별다른 뜻이 있어서 그런 말을 한 게 아니라……."

"괜찮네."

부드러운 미소로 성대경과 성인경의 입씨름을 멈추게 한 유백온이 내심 고개를 가로저었다. 상단전에 진기를 집중한 채 자신을 거슬리게 한 기운의 정체를 파악하려다 실패했다.

착각을 의심할 수밖에 없는 대목이다.

'과연 그런 것일까?

여전히 의문은 남았다.

하지만 더 이상 시간을 지체할 순 없었다. 벌써 엉뚱한 오해까지 사지 않았던가.

다시 멀어져 가기 시작한 후기지수의 무리.

무의 영역에 자신을 숨기고 있던 당무양의 입가에 아쉬운 기색과 함께 득의의 감정이 교차했다. 엽자건에 이어 유백온마저 무의 영역에 숨은 자신을 간파해 낼까 내심 걱정이 있었으나 기우였던 것 같다.

그렇다 해도 유백온은 그에게 깊은 인상을 남겼다.

'저 녀석이 아마 소교 녀석이 잔뜩 칭찬해 대던 대로검자 유백온일 테지? 현재 무공은 엽자건이란 녀석보다 떨어지는 것 같지만, 후일의 성취는 어찌 될지 모르겠구나! 품성이 무당파의 현문정종의 무학과 매우 부합하는 것 같으니까.'

당무양은 엽자건이 여우라면, 유백온은 후일 대호가 될 만한 새끼 호랑이라 생각했다.

첫인상!

왠지 껄렁해 보이는 엽자건과 단정, 그 자체라 할 수 있는 유백온에 대한 평가를 가른 주요 사항이다. 당무양 또한 나이 든 사람답게 후배의 도전적인 태도에 대해 결코 좋은 점수는 줄 수 없었음이 분명하다.

그 같은 생각과 함께 당무양이 어깨를 한차례 추어 보였다.

이곳, 파중은 사천 무림대회에 출전할 후기지수들이 첫 번째로 집결하는 장소다.

우연찮게 꽤 그럴듯한 인재를 여럿 보게 되었으니, 이제 슬슬 유대유와의 약속을 지키러 당가로 돌아갈 때가 되었다는 생각이 들었다.

'소교는 본 가에서 봐야겠구나. 늙은 할아비가 중간에 끼어들면 근석이 제 놈이 좋아하는 유백온이란 녀석과 좋은 시간을 보낼 수 없을 테니까.'

그의 뇌리 속, 어느새 유백온을 손녀 사윗감으로 점찍고 있었다. 불쾌하다기보다는 찜찜한 기억으로 남은 엽자건과는 매우 상반된 느낌이었다.

*　　　*　　　*

엽자건과 감요진이 들른 곳은 다양한 교자 요리로 유명한 수석(水石)이란 가게였다.

여느 가게와는 다른 분위기!

수석의 내부에는 인공으로 조성된 가산과 연못, 폭포 등이 운치있게 조성되어져 있었다. 굳이 깊이 생각할 것 없이 파중에서 가장 비싼 요릿집이었다.

엽자건이 가게 안에 들어선 후 한마디 촌평을 내놨다.

"비싸 보이는군."

"나 돈 많아."

"알아. 하지만 오늘은 내가 낼 거야."

엽자건이 대답과 함께 자신의 품을 손으로 툭툭 두드려 보였다.

묵직한 전낭이 자신감을 한껏 끌어올려 준다.

감요진이 픽 하고 웃었다.

평상시 돈 한푼이라도 헛되이 쓰는 걸 싫어하는 엽자건이 이같이 허세를 부리는 건 극히 이례적인 일이었다. 아마 어디서 한 건 크게 한 것이리라.

그렇게 잠시의 시간이 흘러 두 사람 앞에는 한상 떡 벌어지게 온갖 교자 요리들이 차려졌다. 보통 사람이라면 평생 본 적이 없을 정도의 산해진미다.

후룩! 후루루룩!

엽자건은 이미 크게 배가 고픈 상태였다. 게다가 음식을 앞에 두고 체면을 차리는 짓 따위는 해본 적도 없다.

양팔을 둥둥 걷어올린 그가 열심히 교자를 젓가락으로 집어먹다가 갑자기 움찔한 기색이 되었다. 급하게 먹다가 터진 교자에서 튀어나온 뜨거운 국물에 입천장을 댄 거다.

"……."

잠시 젓가락을 든 채 아무 말도 못하고 있는 엽자건을 물끄러미 바라보던 감요진이 베실하고 웃었다.

이십대 후반이곤 생각되지 않는 귀여운 미소.

더불어 그녀가 마치 시범이라도 보여주려는 듯 젓가락 끝으로 교자의 겉을 폭 하고 찔렀다.

그러자 작은 구멍 속에서 살살 흘러내리는 맑은 국물.

"오오!"

엽자건이 입천장을 댄 상태에서도 두 눈을 동그랗게 뜨고 감탄성을 발했다.

"본래 이러한 종류의 교자는 겉은 식어도 속은 맹렬하게 뜨거운 경우가 많아. 국물이 기름으로 되어 있기 때문이지. 그러니까 이렇게 젓가락으로 구멍을 먼저 내서 속을 식힌 후 먹지 않으면……."

친절하게 설명하던 감요진이 코끝을 살짝 찡그려 보였다.

그녀의 설명을 듣는 둥 마는 둥 하고서 엽자건은 이미 교자 전체에 젓가락으로 구멍을 뚫는 작업을 진행시키고 있었다. 귀찮은 일을 한꺼번에 처리하려는 습성이 다시 발동한 것이다.

찰싹!

감요진이 엽자건의 빠르게 움직이던 손을 때렸다.

"그렇게 몽땅 교자에 구멍을 뚫어놓으면 식어버려서 맛이 없어지잖아!"

"난 맛있는데?"

"자기만 맛있으면 그만이란 거야?"

"그야……."

엽자건이 뭐라 더 말하려다 눈매를 가늘게 만들어 보였다.

그의 시선, 어느새 문 쪽을 향하고 있다. 당무양과 마주쳤던 유백온 일행이 우르르 들어오고 있음을 간파한 까닭이다.

당연하달까?

엽자건의 시선을 잡아끈 장본인은 초면인 유백온이 아니다. 그의 좌우에 찰싹 달라붙어 있는 성대경과 악연이랄 수 있는 우일비였다.

'이거 파중이 너무 좁은 거 아닌가? 어째서 낯익은 얼굴들을 하루에도 몇 차례씩이나 만나게 되는 거야! 아니, 그보다는 진짜 파중에서 큰 무림 회합이 벌어지는 거라고 생각하는 편이 옳은 건가?'

아마도 후자 쪽일 게다.

잠시의 고민 끝에 엽자건이 얼른 교자 몇 개를 더 주워먹고는 자리에서 일어섰다.

감요진 또한 눈치가 빠른 여인이다.

이미 엽자건이 주목한 한 떼의 후기지수들을 간파했고, 그의 심사 역시 읽을 수 있었다.

'뭐, 나쁘지 않을 테지. 나도 독존은 버거운 존재인데다, 그 눈꼴 시린 계집애들을 다시 만나고 싶진 않으니까.'

사락!

역시 자리에서 일어서려는 감요진을 향해 엽자건이 고개를 가로저어 보였다.

"잠시만 이곳에서 기다리고 있어봐."

"바로 이동하지 않고?"

"그러려고 했는데 밖에서 소란이 좀 일어난 것 같아."

"소란?"

"그래."

엽자건이 고개를 끄덕여 보이다 눈에 이채를 담았다. 후기지수들과 함께 이동하고 있던 유백온이 갑자기 번개같이 신형을 밖으로 날린 것과 동시에 벌어진 일이었다.

'저 자식, 제법일세!'

엽자건이 싱긋 미소 짓곤 역시 유백온의 뒤를 쫓았다. 갑자기 유백온에 대한 호기심이 강하게 인다.

파라라락!

유백온은 단숨에 제운종(梯雲縱)을 펼쳐 중간 크기의 담장을 뛰어넘었다.

그때 그의 귓속으로 파고들어 온 비명성!

즉각적으로 몸이 움직인다.

유운신법(流雲身法)을 펼치며 어느새 수장에는 강력한 면장(綿掌) 공력을 잔뜩 담아내고 있다.

그러나 그는 한발 늦었다.

어느 틈엔가 그의 시선이 향하고 있는 방면에 자리 잡고 서 있는 한 사내가 존재했다. 뒤늦게 수석을 빠져나온 엽자건이었다.

물론 엽자건이 괜스레 모습을 드러냈을 리 없다.

그의 앞에는 피를 꾸역꾸역 쏟아내며 바닥을 기고 있는 중년의 무사가 있었다. 한눈에 보기에도 이미 치명상을 당해서 숨이 반 호흡도 남지 않은 것 같다.

'저 무사뿐일 리 없다!'

유백온이 주변을 빠르게 살폈다. 중년 무사에게 치명상을 입힌 흉수를 찾기 위함이었다.

그때 중년 무사의 입가에 귀를 가져다 대고 있던 엽자건이 천천히 신형을 일으켜 세웠다. 그리고 유백온을 향해 말한다.

"헛수고요. 흉수는 이미 이곳을 떠난 지 오래니까."

"그걸 어찌 확신하는 거요?"

"이 무사, 나랑 함께 사천에 온 사람이오."

"동행이란 말이오?"

"그렇소."

엽자건이 대답과 함께 눈매를 살짝 가늘게 만들어 보였다. 갑자기 불길한 느낌이 뒷골을 강하게 때려온다.

'우리가 묵고 있던 객점이 습격을 당했다고? 엄청난 고수들한테……?'

짐작 가는 바가 있다.

어떻게 꼬리를 밟히게 되었는지는 모르겠지만.

그때 수석 안에서 유백온의 일행들이 우르르 몰려나왔다. 그들중 맨 앞에 서 있던 성대경이 놀란 표정이 되었다. 반 발 정도 늦은 우일비는 아예 비명과 함께 삿대질까지 해댄다.

"엇! 저저저……!"

"여어!"

엽자건이 낯익은 두 사람을 향해 손을 흔들어 보였다. 갑자기 뇌리를 스치는 생각이 있었다.

떨떠름한 표정이 된 성대경과 달리 우일비는 어느새 검까지 빼 들 기세다. 전날의 원통한 패배가 떠올라 자연스레 살기를 일으키게 되었다.

"후회한다!"

"뭐, 뭐라고 하는 거냐……."

"그거 말야!"

검병에 닿아 있는 우일비의 손을 향해 눈짓을 해 보인 엽자건이 섬뜩한 살기를 일으켰다. 우일비가 일으킨 것과는 비교 자체가 안 되는 무시무시한 전장의 기운을 뿜어낸 것이다.

'헉!'

'흐헉!'

같은 방향에 서 있던 성대경과 우일비가 일제히 헛바람을 들이켰다.

덜덜!

성대경은 둘째치고 검병에 거의 손을 가져다 대고 있던 우일비의 전신이 눈에 띌 정도로 경련을 일으켰다. 언제 엽자건에게 살기를 드러냈냐는 듯 보고 있기가 딱할 지경이다.

그 순간 때마침 밖으로 나온 성인경이 보다 못해 신형을 날렸다.

스슥!

신형만 날렸을 리 없다. 그는 어느새 검을 빼 들고 있었다. 낙일검가에서 자랑하는 낙일검 십팔식을 곧바로 펼쳐 냈음은 물론이다.

파파파파팟!

형보다 나은 아우란 말을 듣던 성인경이다. 그의 검에서 뻗쳐 나오는 검기의 날카로움이 이를 확인시켜 준다. 낙일검 십팔식을 아주 제대로 배웠다.

하지만 그래 봤자 엽자건에겐 계도의 대상에 불과하다.

'쯧!'

엽자건이 내심 혀를 차며 주먹을 쥐었다가 얼른 힘을 풀어 버렸다.

방해자가 있었다. 유백온이다. 이번엔 그가 엽자건보다 먼저 움직였다.

스윽!

양손 가득이 채워놓고 있던 면장 공력!

그 부드러우면서도 끈적거리는 기운이 순식간에 공간을

압축해 온 성인경을 휘감았다. 아니다. 완전히 압도해 버렸다.

"우왓!"

순간적으로 검신합일을 이뤘던 성인경의 입에서 비명이 터져 나왔다.

그럴 수밖에 없다.

느닷없이 검기가 소멸하더니, 일직선으로 움직이던 몸이 팽이처럼 회전하기 시작했다. 마치 춤이라도 추는 것처럼.

빙글! 빙글!

제멋대로 몇십 바퀴나 회전한 성인경이 신형을 크게 휘청거렸다. 얼굴은 어느새 혈기가 잔뜩 끓어올라 술취한 듯 붉게 달아올라 있다.

'사량발천근(四倆撥千斤)?'

엽자건이 눈에 이채를 담았다. 과거 사부 보종에게 전해 들은 말 중 소림사와 어깨를 나란히 하는 위대한 문파의 이름이 떠올랐음은 물론이다.

그때 가까스로 신형을 고정시키는 데 성공한 성인경이 유백온을 억울하다는 듯 바라봤다. 어째서 자신의 앞을 가로막았는지 당최 영문을 모르겠다는 표정이다.

유백온이 말했다.

"인경 아우, 언제부터 우리 육우가 갑작스레 남을 암격하게 되었는가?"

“백온 대형, 하지만 저자는 형님들한테 흉험한 살기를 쏘아보냈습니다! 그건 우리 육우 전체한테 싸움을 거는 것이나 다름없는 일이 아니겠습니까?”

“그래서 사람이 상하기라도 했는가?”

“그렇진 않았습니다만……”

“그럼 됐네. 이 우형의 얼굴을 봐서 이번 일은 이쯤에서 넘어가도록 하세나.”

“……”

육우에서 유백온이 차지하는 위치는 절대적이었다.

게다가 성인경은 도대체 어떻게 유백온이 자신의 검신합일을 풀고 맴을 돌게 만들었는지조차 알지 못했다. 내심 화가 머리끝까지 났으나 그에게 대들 순 없었다.

그때 입을 굳게 다문 성인경을 향해 엽자건이 이를 드러내며 엄지손가락을 추켜 보였다. 진심 어린 칭찬의 말 역시 뒤를 따른다.

“오! 아주 훌륭한 검무(劍舞)였소!”

‘검무!’

성인경의 검미가 꿈틀거리며 치켜올라 갔다. 그런 그의 곁으로 성대경이 얼른 다가들었다. 혹시 유백온의 말에 따르지 않고 동생이 발작을 일으킬 것을 걱정한 것이다.

그사이 엽자건이 다시 우일비에게 살기를 날려 뒤로 물러서게 만든 후 유백온을 바라봤다. 그 역시 성인경의 검신합일을 가로막은 유백온의 의중이 궁금했다.

"왜 그런 거요?"

"형장의 솜씨가 좋다고 느꼈기 때문이오."

"하하!"

엽자건이 유쾌하게 웃고는 곧 진지한 표정이 됐다.

"파중에서 무슨 일이 벌어지고 있는 거요?"

"형장의 일행이 어째서 이런 비참한 죽음을 당했는지부터 말하는 게 옳은 순서일 것 같소만?"

'손해는 보지 않겠다? 마음에 드는 성격이군!'

내심 피식 웃은 엽자건이 어느새 잔뜩 몰려든 후기지수들을 한차례 살핀 후 어깨를 으쓱해 보였다. 곤란하단 기색 역시 잊지 않는다.

"그런 질문을 하기엔 주변의 이목이 너무 많은 것 같지 않소?"

"사람이 죽은 일이오."

"죽은 사람은 다시 살아날 수 없소. 하지만 산 사람은 살아야 하지 않겠소?"

"……."

유백온이 엽자건을 잠시 바라보다 입을 다물었다. 내심 그를 놀라게 만들었던 무력을 지닌 엽자건이 이런 말을 하는 것에 충격을 받은 거다.

그러거나 말거나 엽자건은 어느새 잔뜩 몰려든 후기지수

들을 헤치고 수석 안으로 들어가고 있었다. 얼마 전 뇌리를
스쳐 간 생각을 감요진에게 설명해 줘야만 할 필요성을 느꼈
다.
　'쳇! 그다지 마음에 드는 선택은 아니지만 완벽하게 꼬리
를 밟히게 되었으니 어쩔 수가 없다구!'
　내심의 중얼거림과 함께 엽자건은 눈가에 그렁한 물기를
만들어냈다. 연기에 몰입하기 시작한 것이다.

주(註)
　*사량발천근:넉 냥의 힘으로 천 근의 힘을 낸다는 뜻. 타인의 힘을 이용
하는 고등의 무공 기법 중 하나다.

第三十一章

천룡위주(天龍位主)

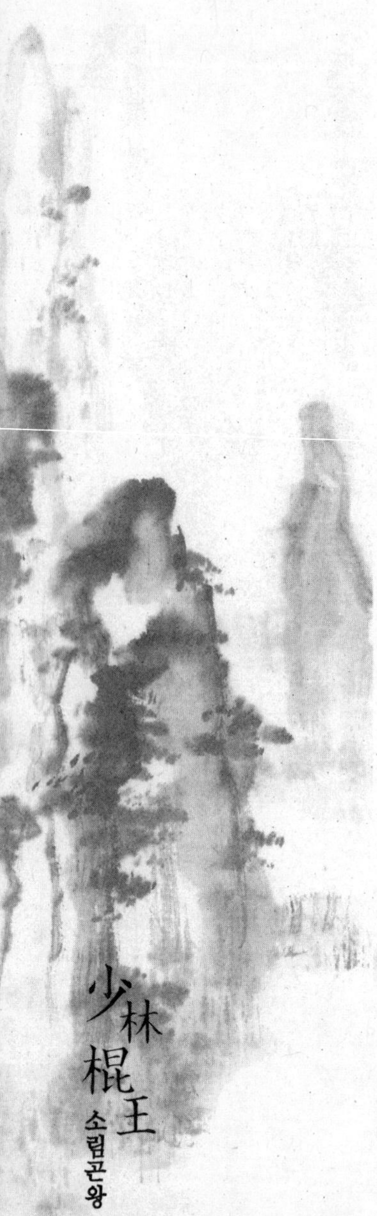

少林棍王
소림곤왕

　수석의 안채로 돌아온 엽자건은 재빨리 감요진을 다시 화장시켰다. 홍화상단을 따라 사천으로 향하던 때와 마찬가지로 평범한 남자로 변복시킨 거다.

　감요진은 바보가 아니다.

　오히려 꽤나 총명한 여인이다.

　엽자건이 별다른 설명을 하지 않았음에도 그의 뜻을 어김없이 따랐다. 평소와 같은 반발은 전혀 보이지 않았다.

　문제는 그 뒤였다.

　"또 그년들한테 돌아가자고?"

　"어허! 말투를 조금 더 걸걸하게 해야지."

“됐고! 내가 납득할 만한 설명을 해봐. 아니, 그런 건 필요 없어. 우리는 다시 홍화상단으로 돌아갈 테니까.”

“그럴 수 없어.”

“왜?”

“지금쯤 그곳은 완전히 피바다가 되었을 테니까.”

“…….”

감요진이 안색을 굳혔다. 방금 전까지 열심히 움직이고 있던 입술 역시 마찬가지다. 더 이상 어떠한 말도 쏟아내지 않는다.

잠시의 침묵 끝에 감요진이 말했다.

“그들이 쫓아온 거야?”

“그렇겠지.”

“어떻게?”

“소림사를 습격했던 자들은 일반적인 무림인들이 아니란 걸 알고 있지?”

“잔혹마군 냉고성을 말하는 거야? 확실히 그는 후금의 황천기주의 휘하이긴 해. 하지만…….”

“분명히 또 다른 자가 포함되었을 거야. 인원도 확충되었을 테고 말야.”

“내가 목표일까?”

“그럴 거라 생각해.”

고개를 끄덕여 보인 엽자건이 손을 뻗어 감요진의 화장을 최종적으로 고쳐줬다.

그때 수석 안쪽으로 유백온을 위시한 후기지수들이 돌아왔다. 수석의 종업원들에게 돈을 조금 줘서 시신을 수습케 하는 작업을 끝마친 거다.

우일비가 불쑥 엽자건에게 다가들었다. 여전히 인상을 잔뜩 쓰고는 있으나 검병에 손을 가져다 대는 행위는 더 이상 하지 않는다.

"진짜 본데없는 자로구나! 어찌 같은 일행이 죽임을 당했음에도 아무런 조치도 취하지 않을 수 있는 것이냐?"

"조치?"

"사람이 죽었으니 관청에 신고하고 장례를 치러줌이 마땅하지 않겠느냐!"

"그 무사는 상단의 호위를 맡고 많은 돈을 받은 자요. 내가 그 상단의 주인이 아닌데 무슨 책임이 있겠소?"

"그렇다고 해도……."

"협(俠)을 말하는 거요? 그렇다면 잘됐소. 내 상단의 인물들이 묵고 있는 객점의 위치를 말해줄 테니, 소협들께서는 얼른 달려가서 무림의 의협을 보여주기 바라오."

"못할 것 같으냐, 내가!"

"……."

엽자건이 대답 대신 싱긋 웃어 보였다. 헤어진 지 거진 일년이 지났음에도 우일비는 여전히 어리고 철이 들지 못했다는 생각이 들었다.

그때 유백온이 천천히 나섰다.

"객점의 위치를 말해주시오. 내가 형제들과 함께 가보도록 하겠소."

'역시 좋은 놈! 하지만 객기가 지나쳐!'

내심 유백온에 대한 점수를 더욱 후하게 준 엽자건이 입가의 미소를 지운 채 말했다.

"우리 상단의 호위무사는 열다섯이었소. 그중에 세 명은 제법 칼질 좀 하는 일류고수 급이었고. 그런데 한꺼번에 당했소, 그것도 단 한 명에게. 당신 혼자 그런 일을 할 수 있겠소?"

"나는 그런 짓을 하지 않소."

"그래서 당신은 거기 가면 안 되는 거요. 다른 친구들은 더 말할 것도 없고."

우일비가 발끈하려는 걸 성대경이 얼른 말렸다. 유백온에게 들은 말이 있었기 때문이다.

유백온이 눈에 담담한 정광을 실었다.

"그럼 귀하는 어떻소?"

"나?"

엽자건이 조금 과장된 모습으로 자신을 가리킨 후 눈에 예의 살기를 담았다.

"언젠가 그 자식들, 하나도 빠짐없이 나한테 죽을 거요."

"지금은 아니란 뜻이오?"

“아니지. 더 중요한 할 일이 있으니까.”

엽자건이 대답과 함께 감요진 쪽을 힐끗 바라봤다, 오직 감요진만이 눈치챌 수 있을 만큼 짧게.

‘또 왜 그래! 가슴 뛰게……’

감요진이 슬며시 고개를 숙여 보였다. 화장 덕분에 두 볼이 달아오르는 게 감춰진 게 다행스러웠다.

유백온이 미미하게 고개를 끄덕여 보였다.

“귀하의 뜻은 알겠소. 하지만 나는 역시 이번 일을 묵과하고 넘어갈 수 없소.”

“생각이 짧군!”

“…무슨 뜻이오?”

“어째서 그리 이기적이야! 자신의 정의만 지키겠다고 지금 다른 사람들이야 죽든 말든 상관없다는 거 아냐?”

“나는 그런 뜻이 아니라…….”

“그런 뜻이야! 자신의 모자람을 부인하고 제대로 된 기본조차 없는 애들을 데리고 살육에 익숙한 마두를 상대하겠다는 건!”

“……”

이번엔 유백온이 입을 다물었다. 검미가 치켜올라 간 게 여태까지의 평온함은 찾아볼 수가 없다.

‘여기까진가?

엽자건은 유백온에 대한 평가를 이쯤에서 끝내기로 했다.

그의 밑바닥을 순간적으로 발견했기 때문이다.

짝!

손바닥을 쳐서 주변을 환기시킨 엽자건이 다시 입가에 미소를 떠올렸다.

"뭐, 그러니 이젠 어른들을 만나러 가자구! 이런 일에 경험이 아주 많은 진짜 협객들 말야!"

"…우린 가짜 협객이란 뜻이오?"

"아직은 그렇지. 진짜 정의란 걸 지키기 위해 피투성이 싸움을 해보지 못했으니까. 아니면 혹시 그래 본 적이 있나?"

말을 마친 엽자건이 살짝 한쪽 눈을 찡긋해 보였다. 평생 바른길만을 걸어왔던 유백온을 극도의 혼란 속으로 몰아넣고 혼자 즐거워하는 모습이다.

*　　*　　*

자욱한 피내음.

그와 더할 나위 없이 잘 어울리는 피바다의 한가운데 머물러 있던 냉고성이 눈매를 가늘게 만들었다.

그의 손에는 방금 전까지 지독스런 고문에 비명을 질러대던 홍화상단주 여설랑의 머리가 한 움큼 쥐어져 있다. 그녀가 보배로 여기던 삼단 같은 머리를 움켜쥔 채 열 가지가 넘는 고문을 가한 직후였기 때문이다.

당연하달까?

당사자인 여설랑은 이미 숨이 끊겨 있었다. 그전에 몰살당한 호위무사들의 뒤를 따라간 거다.

"또 한발 늦은 것인가?"

언제나와 마찬가지로 문이 위치한 방면의 벽에 몸을 절반쯤 기대고 있던 두진양이 음침한 표정을 지어 보였다.

"그래 봤자 코앞이지. 파중은 그리 큰 도시도 아니니까 말야."

"그래, 파중은 그리 큰 도시가 아니야. 하지만 하필이면 사천 무림대회 때문에 꽤나 많은 무림인들이 모여든 상태야. 한 놈이 도망을 치기도 했고."

"그놈은 걱정할 필요 없지 않을까? 부탄이 따라갔으니 말야."

"그를 꽤나 믿는군?"

"그래도 포달랍궁의 쌍룡이라 불린 자니까."

"그래서가 아니라 부탄이 후일 대법대불왕을 회유하거나 처리한 후 포달랍궁을 장악할 때 도움을 줄 만한 자라고 여겨서겠지? 이미 홍의마불과 다른 라마들은 모조리 대법대불왕의 손에 죽은 게 틀림없는 것 같으니 말야."

"황천기주님의 뜻이다!"

"흥!"

냉고성이 나직이 코웃음을 쳤다. 새외칠마 중 가장 제멋대로 인생을 살던 두진양이 자신을 제치고 황천기주의 심복이 된 게 마음에 들지 않았다.

그러나 현재 두진양은 냉고성의 상위자였다.

내심 배알이 뒤틀렸으나 그의 명령에 따를 수밖에 없었다.

그때 미세한 소음과 함께 부탄이 돌아왔다. 평상시와 다름없이 표정을 읽기 힘든 검은 얼굴이 가볍게 굳어져 있었다.

"사매를 발견한 것 같다."

'이런!'

내심 당혹성을 터뜨린 냉고성과 달리 두진양이 음침한 눈빛을 번뜩이며 부탄을 바라봤다. 질문이 그 뒤를 따른다.

"강적이 있었나 보군?"

"강적이라기보다는 귀찮은 애새끼들이 잔뜩 있더군."

"귀찮은 애새끼들?"

"아마 사천 무림대회에 참가하기 위해 모여든 녀석들 같던데, 개중에 몇 놈의 무공이 쓸만해서 뒤만 밟다 돌아왔다."

"그럼 그들이 이곳으로 다시 돌아오진 않겠군?"

"물론이다."

부탄의 말이 끝나자마자 두진양이 특유의 음혼무형장을 강기의 형태로 일으켜 사방으로 쏟아냈다. 더는 이곳에서 죽치고 있을 이유가 사라졌기 때문이다.

콰릉! 콰콰콰쾅!

객점이 요란한 굉음을 일으키며 무너져 내렸다. 방금 전까지 수십 명이 넘는 사람들이 살아 숨쉬던 곳이라곤 상상조차 할 수 없는 폐허가 된 거다.

자욱하게 일어난 흙먼지!

갑작스런 소란에 놀라 달려온 몇 명의 주민을 향해 두진양이 살벌한 미소를 던졌다.

"내 나중에 다시 한 번 이곳에 돌아오도록 하지. 너희들의 얼굴을 기억해 놨다는 말이니까 함부로 입을 나불거려선 안 된다는 거야. 알겠냐?"

"……"

주민들이 얼른 새파랗게 질린 얼굴로 고개를 주억거렸다. 도저히 자신들로선 상대조차 할 수 없는 무림의 고수들임을 알아본 까닭이다.

*　　　*　　　*

사흘 후.

파중의 파촉제일루에서 사천과 운남 일대의 무림인들과 조우한 당소교 일행은 평창(平昌)에 위치한 백림산장(百林山莊)에 도착했다.

백림산장!

사천무림에서 상당한 위치를 점유하고 있는 곳으로 당가

와는 매우 친분이 깊은 장소였다. 사천 무림대회의 일차 집결지로 선택된 이유이기도 하다.

남궁수는 다시 멍한 표정으로 돌아가 있었다.

가슴의 두근거림은 이젠 현저할 정도로 줄어들었다. 엽자건을 만났을 당시 심장이 폭발할 것 같았던 것이 모두 거짓말처럼 느껴진다.

하지만 지난 사흘간 그녀의 백치미가 물씬 풍기는 얼굴에는 혼란의 파편이 남겨진 채 사라지지 않고 있었다. 거진 일년 만에 만난 엽자건과 제대로 된 대화조차 나눠보지 못한 것에 대한 후폭풍이었다.

'어째서 나는 엽 소협을 그냥 보낸 것일까? 사실 이번 사천무림대회에 큰마음을 두고 있었던 것도 아닌 것을.'

─사천 무림대회!

포달랍궁의 중원 침공을 기화로 사천당가가 주창한 이 대회의 목표는 자명했다.

수대를 이어오는 동안 사라졌던 무림맹 체제의 복귀!

혹자는 전통의 구파일방과 팔대세가로 대표되는 정파무림의 서열과 힘의 균형이 재편될 때가 되었다고 말하기도 했다. 근래 들어 천하의 혼란이 가중되고 안팎으로 소란스러움이 극심해져 가고 있었기 때문이다.

어찌 됐든 당가와 함께 팔대세가에 속해 있는 창룡 남궁검가 입장에선 이번 일을 결코 좌시하고 있을 수 없었다.

가문 내 최강의 고수인 승천검군 남궁황의 은퇴!

그것은 팔대세가 간의 서열 재편을 뜻했다. 당가가 현 시점에서 강한 움직임을 보인 속내를 파악할 필요가 있었다. 진짜 무림맹 체제를 부활시키려는 것인지, 아니면 팔대세가의 수장 자리를 차지하고 싶은 것인지를.

하지만 애초부터 남궁수는 사천 무림대회에 거의 관심이 없었다.

그녀는 부친이자 현 가주인 창룡검호(蒼龍劍豪) 남궁인에게 등 떠밀려 창룡검가를 나섰다.

특별한 목표가 있을 리 만무했다.

그냥 이번 기회에 선배 고수들이나 다른 명문의 후기지수들을 만나서 그들의 무(武)에 대해 알 수 있기를 희망할 뿐이었다. 당시 엽자건을 따라나서지 못할 이유란 전혀 없었던 거다.

그러나 본래 후회란 아무리 빨라도 늦다고 했다.

찰나와 같은 순간 남궁수는 엽자건을 그냥 떠나보냈고, 다시 그러한 때로 돌아갈 순 없었다. 엽자건의 곁에 찰싹 달라붙어 있던 감요진이 그녀를 그리하게 만들었다. 여전히 짐작조차 하지 못하고 있는 상태지만.

그때다.

남궁수가 홀로 앉아 있는 정자를 힐끔 바라본 당소교의 눈매가 사납게 변했다.

어찌 사람이 이럴 수가 있는가?

남궁수는 멍해질수록 초인적인 아름다움을 뿜어내고 있었다. 그 자신의 의지와는 상관없이 지난 사흘간 백림산장에 모여들기 시작한 사천과 인근 지역의 무림인사들의 시선을 한 몸에 받고 있었다. 대개가 사내들이었음은 물론이다.

'늙으나 젊으나 그저 사내란 것들은……'

당소교가 내심 이를 갈았다.

남궁수가 앉아 있는 정자를 향하고 있는 강렬한 희구와 동경의 눈빛!

여태까진 당연히 당소교의 몫이었다. 언제 어디서든 자신이 그 같은 눈길의 중심에 있었고 다른 어떤 여인에게도 그 자리를 빼앗겨 본 적이 없었다.

하물며 이곳은 사천이었다.

사천제일미라 불리는 당소교이기에 이곳에서조차 남궁수에게 미모로 밀린다는 건 결코 참기 어려운 일이었다. 절대 용서할 수 없는 일이기도 했다.

그녀는 자신과 함께 산책을 하고 있던 중임에도 남궁수의 찬란한 미모에 눈길을 빼앗긴 낙안검객(落雁劍客) 단백승에게 문득 미소 지어 보였다.

순결무구한 표정은 덤이다.

그러자 운남(雲南) 점창파(點蒼派)의 속가제일고수라 일컬어지는 단백승이 여유있는 표정으로 화답했다.

그의 나이 사십, 딸뻘인 당소교이나 전혀 개의치 않는다. 아직 자신이 이십대의 청년과 견줘도 결코 떨어지지 않는 체력과 무력, 정력을 소유하고 있다고 여기고 있어서이다.

'게다가 내겐 애송이들이 따르지 못할 재력과 무림상의 위치와 명성까지 있지. 어린 계집애들을 후리는 관록 역시 있고 말야.'

내심 흐뭇하게 미소 지은 단백승이 은근한 목소리로 말했다.

"당 소저, 뭔가 내게 할 말이 있는 것인가?"

"단 선배님, 혹시 무림 중에 이름을 날리고 있는 미녀에 대해서 아는 바가 있으신지요?"

"무림 중에 이름을 날리는 미녀? 허허, 첫손으로 꼽힐 사람은 다름 아닌 사천제일미녀라는 독미인이 아니겠는가!"

"과분한 칭찬이세요. 진짜 미녀라면 역시 저쪽 정자에 앉아 있는 아수 언니 정도는 되어야지요."

"아수라면……."

"설마 강북제일의 미녀라 불리는 백의검후 남궁수 언니를 모르시는 건 아닐 테지요?"

"아하!"

단백승의 입에서 탄성이 터져 나왔다. 두 눈에선 빛마저 번뜩인다.

그의 뒤를 따르던 다른 운남의 무인들 역시 다르지 않았다. 남궁수의 미명(美名)은 강북뿐 아니라 사천과 운남에까지 퍼져 있는 상태였음이다.

'강북제일의 미녀라기에 얼마나 예쁠까 했는데 과연 명불허천이잖은가!'

'사천제일 미녀라는 독미인 당소교도 예쁘지만 백의검후 남궁수에는 못 미치는구만!'

'아직 혼처가 정해지지 않았다지? 하긴 창룡검가의 후광과 빼어난 무공까지 겸비했으니 웬만한 후기지수 따윈 눈에도 들어오지 않았을 테지.'

견물생심(見物生心)이라 했다.

당소교의 한마디로 정자 부근을 곁눈질하고 있던 사내들 중 상당수가 의미심장한 표정이 되었다. 특히 사천과 운남 출신들이 더욱 그러하다. 이번 사천 무림대회 기간 동안 남궁수를 어찌해 볼 마음이 충만하게 된 것이다.

이는 운남과 사천 지역의 독특한 민족 구성과도 크게 연관이 있었다.

중원과 사뭇 멀리 떨어진 땅!

한족의 숫자보다 수많은 소수민족들이 군벌과 문파를 이룬 채 할거하고 있었다. 한족 특유의 유교적인 일부일처(一夫

一妻)가 통용되지 않는 세계라는 뜻이다.

특히 운남 쪽은 그 같은 사정이 더욱 심했다.

점창파의 중심이라 할 수 있는 대리 백족들은 성윤리가 굉장히 자유로웠다. 일부다처(一夫多妻)는 기본이고 부부끼리도 종종 옛애인을 만나 회포를 풀곤 했다.

픽!

남궁수를 바라보는 단백승의 눈빛이 노골적으로 변한 걸 살핀 당소교가 내심 차갑게 미소 지었다.

'낙안검객 단백승은 호색한으로 처첩이 스물이 넘는다고 알려져 있는 사람이야. 하지만 무공은 점창제일이라 불릴 정도니, 앞으로 꽤나 재밌어지겠어. 다른 사천과 운남의 고수들 역시 색심을 잔뜩 품은 듯하니 말야.'

떡밥!

아주 많이 풀어놨다. 앞으로 남궁수의 앞길이 고난의 연속이 될 건 자명해 보였다. 정조나마 유지할 수 있으면 다행일 정도로 말이다.

그렇게 당소교가 내심 즐거워하고 있을 때였다.

백림산장의 정문 쪽에서 한 떼의 무리가 모여들었다. 예상치 못했던 불청객과 함께.

"여어!"

엽자건은 당소교를 발견하자마자 호들갑스레 손을 흔들어

보였다.

움찔!

당소교의 얼굴이 찡그려졌다. 설마하니 파중을 떠난 지 사흘 만에 다시 엽자건을 만나게 될 줄은 몰랐다.

그러나 엽자건은 혼자가 아니었다.

그의 뒤를 따라 남장을 한 감요진과 유백온을 비롯한 후기지수들이 우르르 모습을 드러냈다. 수석에서 벌어진 살인 사건의 뒤처리 때문에 조금 늦게 백림산장에 도착한 것이다.

당소교가 여전히 준수한 유백온을 발견하곤 얼른 다가갔다. 이미 주인의 자격으로 접대하고 있던 단백승이나 운남의 고수들 따위는 안중에도 없다.

"백온 대가!"

유백온이 화색을 띠고 자신에게 다가오는 당소교를 보고 미미하게 고개를 끄덕여 보였다.

"교 소매, 오랜만이구나."

"저, 정말 너무 오랜만이에요. 혹시나 했었는데, 진짜로 백온 대가께서 균현을 떠나 이 먼 사천까지 오셨군요."

"사부님의 명이 지엄하셔서 별달리 이룬 것도 없이 폐관수련을 끝낼 수밖에 없었구나. 그런데 다른 동생들은……."

유백온이 주변을 살피다 안색을 가볍게 굳혔다. 뒤늦게 정자에 그림같이 앉아 있는 남궁수를 발견한 때문이다.

'그녀 역시 사천에 왔구나……'

유백온은 잠시 얼이 빠진 표정이 되었다. 그를 발견한 당소교나 다름없는 모습이었다.

그때 엽자건이 불쑥 앞으로 나아갔다. 당소교가 교묘하게 풀어놓은 떡밥에 낚여 남궁수가 있는 정자로 몰려든 사내들 틈으로 비집고 뛰어든 거다.

'바람둥이 자식! 꼭 날 놔두고 저년한테 가고 싶냐!'

감요진의 인상이 험상궂게 변했다. 하지만 그녀는 수석에서 엽자건과 약속했다. 사천을 벗어날 때까지 철저하게 사내 노릇을 하고 있기로.

'혹시 처음부터 이러려고 그랬던 거 아냐?'

크게 의심이 드는 대목이다.

그러거나 말거나 엽자건은 남궁수가 있는 정자를 향해 똑바로 걸어갔다. 괜스레 주변을 배회하고 있던 사내들의 따가운 시선 따윈 아예 아랑곳하지 않는다.

그게 유백온을 비롯한 후기지수들을 놀라게 만들었다.

정자 주변에 모여 있는 사내들 중 평범한 이가 없다. 하나같이 사천과 운남 일대에서 위세를 떨치고 있는 고수들이었다. 나름 거만하던 후기지수들조차 함부로 다가들지 못할 정도의 연배와 관록을 지닌 자들이란 뜻이다.

그런 자들 틈으로 엽자건은 아무런 거리낌 없이 파고들었다. 남궁수의 눈이 몽롱함을 벗어던진 건 바로 그때였다.

"엽 소협?"

“오!”

엽자건이 정자에서 벌떡 일어선 남궁수를 향해 한차례 고개를 끄덕여 보였다.

느긋하고 여유 넘치는 태도다.

그때 문득 남궁수와 엽자건 사이에 한 사내가 끼어들었다. 두 사람 사이를 가로막아 선 거다.

엽자건이 말했다.

“좀 비켜주시겠습니까?”

의식적으로 남궁수와 엽자건의 사이를 가로막은 단백승의 눈이 번뜩였다.

‘제법 잘생긴 애송이가 아닌가! 이런 녀석을 그냥 놔둘 순 없지!’

고수의 눈은 빠르고 정확하다.

재빨리 엽자건을 훑어본 단백승이 입가에 넉넉한 미소를 매달았다. 정파 특유의 군자연한 말투 역시 뒤를 따른다.

“나는 점창파의 낙안검객 단백승이라 한다네!”

“아, 그러십니까? 자기소개가 끝나셨으니 이젠 자리를 비켜주시죠?”

“뭐라!”

단백승이 짐짓 크게 화난 기색을 보였다. 엽자건을 몰래 손볼 명분을 쌓기 위함이었다. 다시는 남궁수에게 접근하지 못하게 아예 작신 밟아놓을 속셈이었다.

그러나 엽자건이 누군가?

강호 밑바닥을 돌아다니며 온갖 추잡한 짓거리를 경험한 바 있는 그가 단백승의 이 같은 의중을 짐작치 못할 리 없다. 그는 두 번 생각할 것도 없이 다시 손을 불쑥 들어 올렸다.

"남궁 소저, 아무래도 나는 거기 갈 수가 없을 것 같소. 놀랍게도 점창파의 낙안검객 단 대협께서 길을 막아선 채 비켜주질 않으니까 말요."

"그 무슨……."

단백승의 얼굴이 진노로 인해 붉게 물들었다. 자칫 일검에 열다섯 마리의 기러기를 베었다는 검까지 빼 들 뻔했다. 그 정도로 당황하고 화가 난 거다.

그런데 바로 그때였다.

"그럼 제가 가지요."

부드러우나 강한 대답과 함께 남궁수가 정자에서 풀쩍 신형을 날렸다.

절도가 있으나 별다른 변화가 없는 신법, 하지만 펼친 이가 천하에 다시없을 무쌍의 미녀였다.

"오오오!"

"우와아!"

표표히 엽자건 앞에 떨어져 내리는 남궁수를 향해 사내들이 일제히 탄성을 터뜨렸다. 그들의 눈에 일시 하늘에서 꽃비가 쏟아져 내린 듯한 환상이 펼쳐졌음은 물론이다.

꿈틀!

단백승 역시 넋을 잃었던 사람 중 한 명이다. 그러나 그는 연륜있는 바람둥이답게 곧 정신을 회복했다. 잔주름진 눈꼬리가 치켜올라 가지 않을 수 없다.

'애송이 녀석이 감히 내가 점찍은 여자를 넘봐? 절대로 용서할 수 없다!'

단백승의 두 눈이 질투로 불타올랐다.

그러나 엽자건은 개의치 않았다. 아예 관심조차 보이지 않았다. 그 외에도 지금 당장 자신을 찢어 죽이고 싶어하는 자들은 주변에 수를 셀 수 없을 정도로 많았기 때문이다.

'뭐, 이런 시선에는 익숙하다구!'

내심 어깨를 으쓱해 보인 엽자건이 남궁수에게 싱긋 웃어 보였다.

"오랜만이오."

"오랜만……."

"아참! 전에 파중에서 한번 봤었던가? 하지만 그때는 따로 볼일이 있어서 인사도 하지 못했으니까."

"예, 정말 오랜만이에요. 그런데 그때 함께 있었던 분은 어떻게 하시고……."

"헤어졌소."

"예? 하지만 당시엔……."

남궁수가 뭐라 계속 말을 하려다 입을 다물었다. 엽자건이 한쪽 눈을 감고서 조용하란 시늉을 해 보였기 때문이다. 그리고 은근한 목소리로 제안한다.

"우리 일단 이곳을 뜨도록 합시다. 여기는 보는 눈이 많아서 제대로 된 대화를 할 수 없을 것 같으니 말이오."

"……."

남궁수가 주변을 둘러보니, 과연 사람들의 시선이 잔뜩 자신들에게 쏠려 있다. 크게 개의치는 않으나 엽자건이 신경을 쓸 수도 있겠다는 생각이 들었다.

끄덕!

남궁수가 허락의 뜻을 보였다. 그러자 엽자건이 의기양양한 태도로 단백승을 바라보곤 걸음을 옮겼다. 남궁수와 감요진이 얼른 그 뒤를 따랐음은 물론이었다.

'또 아수 언니하고만 얘기하고 가다니! 하지만 백온 대가께서 오셨으니…….'

'역시 아수 언니인 건가…….'

뒤늦게 정원으로 나온 우신애와 북궁예연이 다소 멍청한 표정으로 엽자건을 바라봤다.

'흥! 과연 그날 저 둘이 눈이 맞은 게 맞구나! 어쩌면 그날 합방을 했을지도 모르겠어. 그럼 앞으로 재밌어지겠구나. 저 호색한 단백승이 결코 이대로 넘어갈 린 없을 테니까!'

당소교는 내심 코웃음 쳤다.

그리고 얼른 유백온의 곁에 찰싹 달라붙었다. 그의 시선이 은연중 남궁수의 뒤를 좇는 걸 결코 모르지 않는다. 하지만 그걸 모른 척할 정도의 현명함은 있었다. 언젠간 반드시 자신만 바라보게 만들 자신이 있었으니까.

"백온 대가, 이번 사천 무림대회에 출전하신 건 역시 천룡위(天龍位)를 차지하기 위함이실 테죠?"

"천… 룡위?"

"예, 과거 무림맹이 무림을 주도하던 시절, 맹주 직속의 천룡영웅대(天龍英雄隊)를 이끌던 무상(武相)의 자리는 당연히 백온 대가의 것이 아니겠어요?"

"교 소매 그건… 천하 영웅들을 너무 무시한 말이구나! 천룡위의 자리는 이번 사천 무림대회에서 공정한 비무와 무림계의 저명한 선배님들에 의해 결정될 사항이다. 어찌 미리 내정된 자리인 것처럼 말하는 것이냐?"

"그야 그거야말로 마땅한 일이니까요. 무림맹의 전통에 의하면 천룡위의 자리는 항상 서른 이하의 후기지수 중 최고의 인물이 차지했어요. 그러니 당대에 강북 육우의 대형이자 천하에 협명이 드높은 대로검자 유백온이 아니면 어느 누가 있어 그 자리를 감당할 수 있겠어요?"

당소교가 일부러 목소리를 높였다.

흡사 주변에 모여 있던 사천과 운남을 비롯한 각계의 무림인들에게 확인이라도 시키려는 듯하다.

과연 주변의 몇몇 무림인사들이 고개를 끄덕였다. 소리를 내 찬동하는 자들 역시 적지 않았다. 그만큼 무당파와 사천당가의 위세가 대단함을 알 수 있는 대목이었다.

그 점이 유백온의 안색을 더욱 굳게 만들었다.

굳이 멀리 갈 것도 없다.

방금 전 자신에겐 일별조차 던지지 않고 정원을 빠져나간 남궁수만 해도 한차례 패배한 적이 있는 강적이었다. 그동안 상상을 초월할 정도의 고련을 견뎌냈으나 다시 싸웠을 때 완승을 거두리란 자신은 없었다.

게다가 또 한 사람!

'엽… 자건이라고 했던가? 과연 그자의 진짜 실력이 어느 정도인지 모르겠구나!'

유백온이 생각에 잠겨 있을 때였다. 언제 엽자건을 아쉽게 바라봤냐는 듯 우신애와 북궁예연이 냉큼 그에게 다가왔다.

"백온 대가! 정말 오랜만이에요!"

"백온 대가, 얼굴 살이 조금 빠지신 것 같아요. 그동안 폐관수련하느라 고생을 많이 하신 것일 테지요?"

연달아 재잘대며 떠들어대는 두 개의 입.

갑작스레 세 명이나 되는 꽃다운 여인들에게 둘러싸이게 된 유백온을 향해 다시 대여섯 명이 더 달려들었다. 모두 운남, 사천 출신의 인물 좋은 여협들이었다.

바람같이 나타났다 사라진 엽자건.

그 출중한 모습을 미처 감상할 겨를도 없었다.

하물며 그는 사내들의 시선을 몽땅 빼앗고 있던 남궁수를 낚아채 가버렸다.

아쉽다기보다는 속이 시원할 정도다.

반면 유백온은 엽자건과는 또 다른 미남자다. 뒷배경 역시 훌륭한 무당파에다 무공과 명성 역시 드높으니, 관심이 집중되지 않을 수 없다.

대어가 빠져나간 자리!

잔고기들이 한꺼번에 몰려들었다. 유백온을 차지하기 위한 쟁탈전이 펼쳐진 것이다.

당연히 잠시 엽자건을 향했던 질투의 화살이 이번엔 유백온에게 집중되었다.

그와 함께 사천에 온 강북의 후기지수들뿐이 아니다.

같은 육우에 속한 성대경, 성인경 형제와 친분이 돈독한 우일비는 완전히 부러워 죽을 것 같은 표정을 짓고 있었다. 같은 후기지수에 가문이나 문파의 후광 역시 그리 떨어지지 않는데, 여인들의 대우가 완전히 달랐기 때문이다.

하물며 본래 미인들을 매우 좋아하고 자유로운 연애의 기풍이 있는 사천과 운남 출신들은 어떻겠는가!

미인을 얻으려다 오히려 빼앗겨 버렸다. 그것도 몽땅.

유백온을 바라보는 그들의 두 눈에 살기가 감돌았다.

상대가 천하에 이름 높은 무당파 제자이자 대로검자 유백온이 아니었다면 당장 시비라도 걸고 넘어갔을지도 모른다.

그 정도로 유백온이 일으킨 소동은 장난이 아니었다.

'이게 아닌데……'

당소교는 내심 당황했다.

엽자건이나 남궁수 때문에 혹시라도 유백온의 위광이 죽을까 봐 좀 지나치게 띄워 버렸다. 자신이 눈을 시퍼렇게 뜨고 있는데도 불구하고 주변의 여인들이 몽땅 유백온 쟁탈전에 뛰어들게 될 만큼.

강북 육우!

오랜만에 한자리에 모이게 되었으나 그들만이 오붓하게 자리를 함께하기란 그리 쉽지 않을 것 같다.

*　　　*　　　*

"푸하하핫!"

엽자건은 백림산장을 빠져나와 주변을 산책하던 중 통쾌하게 대소를 터뜨렸다.

자신과 남궁수가 빠져나간 후의 상황, 그림처럼 눈앞에 펼쳐진다.

예인의 예리한 눈이 백림산장에 들어선 후 남궁수가 그림같이 앉아 있던 정자를 중심으로 펼쳐지고 있는 기묘한 기류를 대번에 발견해 냈다. 색심(色心) 가득한 사내들의 눈빛과 질투심이 폭발 일보 직전에 이르러 있던 여인들의 모습을 하나도 빠짐없이 간파해 낸 거다.

'그런 상황에서 내가 남궁 소저를 데리고 빠져나왔으니, 여인들의 가혹한 복수가 진행되었을 테지! 사내다운 맛은 좀 덜해도 유백온이란 친구, 제법 잘생겼거든.'

유백온의 강점은 결코 그것만은 아니다.

하지만 엽자건은 항상 주목받는 위치에 있던 사람이다, 특히 이성한테.

자신과 견줘서 결코 떨어지지 않는 용모에 단정함을 겸비한 유백온을 인정은 하되, 그리 대단하게 보진 않았다. 그냥 앞으로 잘만 하면 꽤나 편하게 사용할 수 있는 장기말 정도랄까?

그 같은 생각에 내심 즐거워하고 있는 엽자건에게 여태껏 침묵하고 있던 남궁수가 처음으로 입을 열었다.

"엽 소협은 무엇이 그리 즐거우신 건가요?"

"내가 즐거워 보이시오?"

"예."

남궁수가 고개를 끄덕여 보이자 엽자건이 입가의 미소를 지웠다. 언제 대소를 터뜨렸냐는 듯 표정을 완전히 일신한 거다. 그리고 말한다.

"남궁 소저, 바보요?"

"예?"

"어째서 육우와 함께 어울리는 거요? 저들 중 남궁 소저에게 진실한 자는 아무도 없다는 걸 알면서?"

"…물론 그들은 자신의 무(武)에 진실하진 않아요. 하지만 특별히 나쁜 사람들도 아니라고 생각해요."

"특별히 나쁜 사람들이 아니니 그냥 곁에 둔다는 거요?"

"예, 그렇게라도 하지 않으면 제 곁엔 누구도 남지 않을 테니까요."

남궁수는 '엽 소협, 당신도 날 떠났잖아요! 아무런 말도 없이!' 란 뒷말을 속으로 삭였다.

그런 말, 아직까지 엽자건에게 하기는 부끄러웠다.

"뭐, 틀린 말도 아니군. 사람이 자신에게 진실한 사람을 사귀기란 결코 쉬운 일이 아니니까 말야. 하지만 남궁 소저의 곁에 특별히 나쁜 사람이 있다면 어찌하시겠소?"

"제 무(武)가 답을 해주겠지요."

'…바로 베어버리겠다는 말이군, 그날 창룡검가에서 나한테 했던 것처럼.'

첫 만남, 피투성이 싸움이 될 뻔했던 그 밤의 일을 떠올린 엽자건의 입가에 언뜻 부드러운 미소가 번져 나왔다.

아직은 모르겠다. 어째서 자신이 백림산장에서 남궁수를 데리고 나왔는지를.

하지만 남궁수가 신경 쓰이는 건 사실이었다.

그녀가 색심 어린 사내들의 시선에 노출되어 있는 것이라

거나 겉과 속이 완전히 다른 당소교와 함께 사천 무림대회에
참가한 것 같은 거 말이다.

'바람둥이 자식! 아주 맛이 갔구나! 맛이 갔어!'

몇 걸음 떨어져 엽자건의 뒤를 따르던 감요진이 눈매를 가
늘게 만들었다.

도대체 무슨 말을 하나 싶어 따라나왔다.

사실은 절대로 엽자건을 남궁수와 함께 둬서는 안된다는
생각 때문이었다.

하지만 내심 믿고 있기도 했다, 자신의 보표인 엽자건을.
그런데 바로 남궁수와 화기애애한 분위기를 만들고 있다. 화
가 나지 않는다면 결코 여인이라 할 수 없다.

그렇게 결국 참다 못한 그녀가 두 사람 사이에 끼어들려 할
때였다.

슥!

남궁수와 어깨를 나란히 하고 있던 엽자건이 어느새 감요
진에게 다가서 있었다.

더불어 뒤로 향해진 손이 자연스레 감요진의 어깨를 누르
고 있다. 혹시 암기라도 날아든다면 자신의 몸으로 막겠다는
단호한 의지를 보인 것이다.

그와 함께 감요진이 내력을 일으켜 감각을 주변으로 확장
한 것과 동시였다.

쉬악!

엽자건의 허리춤에 찔려져 있던 한 자 다섯 치가량의 중검(中劍)이 날아올랐다. 항상 몸에 지니고 다니던 네 개의 묵환으로 제련한 몇 개의 병기 중 하나!

처음으로 세상에 모습을 드러냈다.

第三十二章

임기응변(臨機應變)

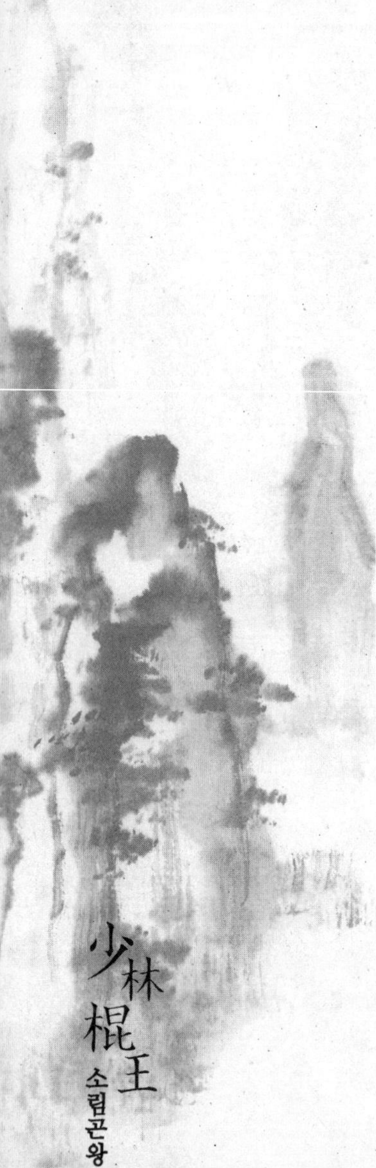

少林棍王

소림곤왕

부르르!

울창한 나뭇잎을 자랑하는 고송(古松)에 박힌 검날이 격한 떨림을 보였다.

그 밑으로 펄럭이는 붉은 천 자락!

감요진은 한눈에 그것이 포달랍궁 라마들이 걸치는 가사의 일부분임을 알아봤다.

'쌍룡 사형들이 왔구나!'

그중 감요진이 의심한 건 부탄이었다. 성정이 화급하고 살기가 넘치는 우빌라라면 결코 몰래 숨어 있다가 도주하는 추태를 보이진 않았을 터이기 때문이다.

팍!

그때 고심에 빠져 있는 감요진 곁으로 돌아온 엽자건이 자신의 중검을 회수했다.

검은빛이 감도는 검인(劍刃).

눈으로 빠르게 훑어가던 중 이채가 감돈다. 한 방울 핏자국이 흘러내리고 있음을 발견한 까닭이다.

스윽!

손끝으로 건져 낸 피를 혀로 맛본 엽자건의 눈매가 조금 더 날카로워졌다. 어느새 입가엔 미소가 번져 나오고 있다.

"호신강기를 사용했군."

"호신강기? 자건, 그걸 어떻게 아는 거야?"

놀란 표정이 된 감요진의 질문에 엽자건이 어깨를 한차례 추어 보였다.

"내가 가지고 있던 철환은 아주 귀한 묵강(墨剛)으로 된 거야. 당연히 그걸 제련해 얻은 병기 중 하나가 내 패왕검(覇王劍)이니, 정통으로 격중하기만 하면 호신강기마저 꿰뚫는 게지."

"단지 그런 것 가지고……."

"게다가 내가 패왕검에 담은 힘은 결코 적은 게 아니야. 강력한 호신강기의 방해를 받지 않았다면 이깟 나무쯤은 꿰뚫고 지나갔어야만 해. 뭐, 그래도 그 정도쯤 되는 고수가 뒤도 돌아보지 않고 도주했다는 건 놀라운 일이지만."

"부탄 사형이야."

"흐음."

엽자건이 미미하게 고개를 끄덕여 보였다. 애초부터 예상하고 있었다는 반응이다.

감요진이 눈매를 가늘게 만들어 보였다.

"처음부터 알고 있었구나!"

"뭐, 나도 검날에 매달려 있던 홍포 자락 정도는 봤으니까. 하지만 난감하게 됐군."

"어째서?"

"진짜로 쌍룡이 냉고성과 함께하게 되었다는 건 포달랍궁 내부에 배반자가 더 있을 수도 있다는 뜻이잖아? 아마 그곳으로 향하는 길은 앞으로 더욱 험난해질 거야."

"……."

감요진이 입술을 굳게 다물었다. 엽자건이 지닌 고민의 무게를 능히 짐작할 수 있었기 때문이다.

그때 엽자건의 부탁으로 반대편을 살피러 떠났던 남궁수가 경쾌한 동작으로 떨어져 내렸다.

그녀의 손에는 어느새 애검 청류하가 들려져 있었다. 표정이나 눈빛 역시 평상시 백치미를 물씬 풍기던 모습과는 거리가 멀어도 한참이나 멀다.

"백림산장의 반대편은 깨끗한 것 같아요."

"깨끗할 것이오."

"확신은 금물이에요. 제가 간파하지 못할 정도의 고수가
숨어 있었을지도 모르니까요."

"만약 그 정도의 고수였다면 이리 허겁지겁 도주하진 않았
을 거요. 게다가……."

"……."

잠시 말끝을 흐린 엽자건을 바라보는 남궁수의 눈에 초점
이 또렷하다. 역시 평상시와 같은 백치미 따윈 흔적도 남아
있지 않다.

'남궁 소저가 중요시 여기는 건 무학뿐만은 아닌 것이겠
지. 어쩌면 그녀와 나는 서로 달라 보이지만, 근원적으론 아
주 많이 닮아 있을지도 모르겠어. 그러니 이리 젊은 나이에
검후란 무시무시한 별호를 획득한 것일 테지만.'

대로검자 유백온은 훌륭한 기태를 지녔다. 근래 소림사와
어깨를 나란히 하는 무당파에서 총력을 다해 키운 인재답다.

하지만 엽자건은 목숨을 걸고 싸울 경우 눈앞의 남궁수가
훨씬 무서울 거라 여겼다.

단순한 무위의 고하를 뛰어넘는 어떤 것!

그게 남궁수에겐 있었고 유백온에겐 느껴지지 않았다. 그
같은 생각과 함께 엽자건이 말을 이었다.

"…게다가 이곳에는 지금 꽤나 많은 무림인들이 집결해 있
소. 어떤 세력에 속한 자든 이 정도 소란을 일으키고서 계속
부근에 남아 있을 만큼 담이 크진 못할 거요."

"그렇군요."

남궁수가 미미하게 고개를 끄덕여 보였다. 엽자건이 한 말이 꽤나 사리에 맞다고 여긴 것이다.

엽자건은 내심 다른 생각을 하고 있었다.

'일반적인 무림인이라면 그렇겠지. 하지만 상대는 군(軍)과 연관있는 자들이다. 이미 백림산장 주변에 천라지망이 펼쳐져 있다고 봐도 무리는 아닐 거야.'

일대일 싸움에 익숙한 무림인과 집단전술을 기본으로 하는 군의 전면전!

결과는 굳이 예상해 볼 것도 없다.

소림사같이 지리와 무력, 집단전의 능숙함까지 함께 겸비한 문파에서의 전투가 아니라면 군의 물량전을 결코 당해낼 수 없다. 오로지 절정을 뛰어넘는 고수만이 거미줄처럼 촘촘한 천라지망을 뚫고 달아날 수 있을 터였다.

물론 상대방의 병력이 충분할 때의 일이다.

현재 백림산장에 모여 있는 무림인 정도라면 어떠할까?

족히 정병 수천 명은 필요할 것이다. 그것도 일류고수 이상의 절정 무위를 지닌 자들의 도주를 막는 건 불가능하고.

'이곳이 사천이라곤 하나 후금에서 그 정도까지 병력을 증파할 순 없었을 거야. 대신 고수 급의 인물 몇 명을 더 보냈을 텐데… 혹시 그 빌어먹을 새외칠마 녀석들을 다시 만날 수 있을지도 모르겠군.'

칠마.

생각만으로도 이가 갈린다.

언제가 될진 몰라도 반드시 자신의 손으로 모두 죽여 버리겠다고 마음먹고 있었다. 절대 어길 수 없는 자기 자신에 대한 맹세였다.

그러나 엽자건은 곧 속에서 일어난 살기를 가라앉혔다.

숭산에서와 마찬가지다.

지금 칠마와 정면 대결을 벌여선 안 된다. 비록 근래 세수경의 도움으로 몸속의 진기들을 화평케 만들었지만 아직 전체적인 내공은 완벽한 상승지경에 들어서지 못하고 있었다.

기반은 완벽하게 닦였다.

이젠 시간이 모든 걸 해결해 줄 터였다.

하지만 지금 당장 초절정고수들과 목숨을 건 싸움을 자신 있게 벌일 순 없었다. 반드시 지켜야만 할 대상까지 있는 상황에선 더더욱 그러했다.

그렇게 생각을 정리한 엽자건이 남궁수에게 싱긋 웃어 보였다. 그녀에게 부탁할 게 하나 떠올랐다.

"남궁 소저, 사천 무림대회의 본선이 벌어지는 성도에는 언제 출발하는지 알고 있소?"

"아직 이삼 일 정도 남았을 거예요. 이번 대회의 주체자인 당가에서 관부와의 협조를 끝마치는 데 다소 시간이 필요하다고 들었거든요."

“하긴! 아무리 사천에서 당가의 권력이 막강하다 해도 성도성 안에서 무림대회를 펼치는 데는 관부와의 조율이 필요할 테지. 하지만 천하 무림인들의 일차 집결지가 백림산장만은 아니지 않소?”

“예, 성도를 중심으로 대여섯 군데 있다고 들었어요.”

“그럼 남궁 소저가 당 소저에게 말해서 백림산장에서 가장 가까운 집결지에 사람을 보내서 무림인들을 불러 모으는 게 어떻겠소?”

“그들을 이용해서 만에 하나라도 있을지 모르는 위험 요소를 없애자는 뜻인가요?”

“그렇소.”

엽자건의 대답에 남궁수가 눈을 빛냈다. 엽자건이 한 말에 파탄은 없다. 하지만 무언가 자신에게 속이는 게 있다는 건 알 수 있었다.

‘엽 소협에게도 사정이 있을 터!’

섭섭한 마음, 없을 수 없다. 사실은 가슴 한켠이 욱신거릴 정도였다. 남자로 변복한 채 자신을 노려보고 있는 감요진의 정체를 대충 짐작할 수 있었기 때문이다.

하지만 남궁수는 질투란 걸 모르는 여인이었다. 여태까지 그런 걸 느껴본 적이 없고, 할 줄도 몰랐다. 지금도 역시 마찬가지다.

“알겠어요. 일단 교 소매와 이곳의 주인인 신풍대협(神風大

俠) 위천복 선배님께 말해보겠어요."

"고맙소."

엽자건의 미소가 방금 전보다 조금 더 짙어졌다.

*   *   *

"제대로 당했군. 백림산장의 주인인 위천복이라도 만난 건
가?"

"위천복?"

어깨에 피 묻은 붕대를 감고 있던 부탄이 의혹 어린 시선을
던지곤 입매무새를 일그러뜨렸다.

"날 암습한 녀석은 소림사의 불목하니 녀석이었다!"

"불목하니? 그 보경을 폐인으로 만든 녀석을 말하는 건
가?"

"그래."

부탄이 짤막한 대답과 함께 입을 굳게 다물었다.

십 장.

엽자건 일행과 떨어져 있던 거리다. 비록 다소의 방심이 있
었다곤 하나 엽자건에게 기척을 들켰다는 건 매우 큰 충격이
라 할 수 있었다.

'그 녀석의 무공은 이미 알고 있다. 나이에 비해선 제법 그
럴듯하지만 절대 우빌라나 내 상대는 될 수 없는 수준이었어.

그런데 어떻게…….'

이해할 수 없는 일이다. 최소한 현재는 그랬다. 그래서 부탄은 입을 다문 채 아무런 말도 더하지 않았다.

먼저 말을 걸었던 냉고성은 표정이 안 좋아졌다.

눈앞의 부탄은 완전히 엽자건에게 당했음을 침묵으로 시인하고 있었다. 당황스러움이 부탄보다 작을 리 없다.

'부탄의 실력은 진짜다! 나조차 제압하려면 백 초 이내는 힘들 정도야. 그런데 그 어린 녀석의 무위가 부탄을 뛰어넘는단 말인가?

믿을 수 없는 일이다.

직접 눈으로 보기 전에는 그랬다.

그때 냉고성과 비슷한 생각을 하고 있던 두진양이 음침한 표정을 유지한 채 말했다.

"백림산장을 친다."

"불가(不可)."

냉고성이 반대를 하고 나서자 두진양의 표정이 더욱 음침하게 굳어졌다.

"냉고성, 이곳의 최종 지휘권은 내게 있다. 이미 그 점을 숙지하고 있을 거라 생각했는데?"

"두진양, 네 지휘권을 부인하려는 게 아니다. 하지만 백림산장의 주인인 위천복은 절정의 고수일뿐더러 사천에서 명망이 상당한 인물이다. 게다가 현재 그곳에는 사천 무림대회에 참가하기 위해 족히 육칠십 명이 넘는 정파 인사가 모여 있으니, 쉽사리 일을 벌여선 안 될 것이다.”

“그럼 어찌하자는 거냐? 설마 사천 무림대회가 끝날 때까지 팔짱 끼고 기다리자는 건 아닐 테고?”

“성도로 움직일 때를 노린다. 어차피 정파의 녀석들은 겉으론 그럴듯한 소리를 내뱉지만 실제론 항상 파벌을 만들고 뒤로 음모나 꾸미는 녀석들이니까.”

“반드시 파벌을 형성한 자들끼리 찢어져서 성도로 향할 것이니, 그때를 노리자는 것이냐?”

“최상은 아니나 차선책은 될 거다.”

“…….”

두진양이 대답 대신 이를 드러내며 조소를 던졌다. 소림사에서 인생에 몇 번 없을 실패를 맛본 후 냉고성이 지나치게 신중해진 걸 비웃은 거다.

냉고성은 개의치 않았다. 감요진을 무사히 되찾을 수만 있다면 지옥의 염왕과도 손을 잡을 의향이 있었기 때문이다.

다음날.

냉고성과 두진양은 다시 서로를 마주보게 되었다.

방금 전 백림산장으로부터 세 명이나 되는 무사들이 빠져나왔다는 소식을 전해 들은 직후였다. 하루 만에 감요진 포획 계획을 전면 수정해야만 할 처지가 된 셈이다.

두진양이 먼저 입을 열었다.

"어찌할 셈이냐?"

냉고성은 곧바로 대답하지 않았다. 애초에 생각했던 대로 일이 돌아가지 않으니 고심이 된다.

'주변의 다른 문파에 곧바로 병력 요청을 하다니! 이런 판단을 내렸다는 건, 백림산장 안에 병법을 아는 자가 있다는 뜻이다!'

이와 같은 움직임은 결코 무림인이 쉽사리 보이는 게 아니다. 특히 명예와 자신의 무력을 중시하는 자들은 더욱 그러했다. 자칫 타인에게 얕보임을 당할 수 있는 까닭이었다.

병법가의 등장!

쉬이 넘길 만한 일이 아니다. 한시라도 빨리 수를 내야만 했다.

"일단 죽여야겠지. 백림산장 쪽에 더 많은 병력을 집결시킬 순 없으니까."

"곧바로 병력을 끌어 모으려 했다는 거냐? 백림산장에 모여 있는 녀석들도 상당한 숫자인데……."

"병법을 아는 자가 있다. 그것도 백림산장의 주인인 위천복에게 말빨이 먹힐 정도의 위치에 있는 자야."

"그런가?"

"그래."

냉고성의 대답이 떨어진 순간 두진양이 한 손을 들어 보였다. 그러자 부근에 서 있던 황천살검대의 백인장 한 명이 적색 깃발을 올렸고, 곧 사방으로 수십 명에 달하는 인원이 빠르게 내달려 갔다.

황천살검대가 자랑하는 천라지망의 하나인 살망(殺網)이 시작된 거다.

그 일사불란한 모습을 잠시 살핀 두진양이 다시 시선을 냉고성에게 향했다.

"다음엔?"

"살망 다음엔 살파(殺波)로 들어간다. 천라지망을 더욱 압박시킨 후 각개격파에 들어가면, 어쩔 수 없이 각자 찢어져서 움직이게 될 것이다."

"첫 번째 계획보다 마음에 드는군."

두진양의 음험한 대답에 냉고성이 눈살을 찌푸려 보였다. 그의 여유작작한 모습이 무척 마음에 들지 않았다. 언제가 됐든 몸의 살점 하나하나를 포로 떠서 죽지도 살지도 못하게 해주고 싶을 만큼.

'아직은 아니야. 아직 감요진을 손에 넣지 못했으니까.'

내심 중얼거린 냉고성이 심중의 살기를 감춘 채 얇은 입술을 말아 올렸다. 미소였다.

*　　　*　　　*

백림산장.

이곳의 주인이자 사천제일협객으로 이름 높은 신풍대협 위천복은 미간 사이에 깊은 고랑을 만들고 있었다.

그의 앞에 지금 세 구의 시신이 놓여져 있었다.

전날 남궁수의 요청에 의해 주변의 문파로 보냈던 무사들이 하루도 지나기 전에 싸늘한 주검으로 돌아왔다. 남궁수의 말을 듣고도 반신반의했던 일이 현실이 된 셈이다.

"쯧! 어쩌다 백림산장이 있는 곳에서 이런 일이……."

"……."

갑자기 들려온 혀 차는 소리에 시선을 돌린 위천복을 향해 운남 무인들과 함께 있던 단백승이 빠른 걸음으로 다가들었다. 주변을 산책하던 중 시체를 발견하고 호기심이 동했음이다.

"위 대협, 잠시 실례해도 되겠소이까?"

"점창파 제일의 검객인 단 대협이 나서주신다면, 어찌 다행스런 일이 아니겠소이까? 개의치 마시고 살펴보도록 하시지요."

"짧은 견식이나마 최선을 다해보도록 하겠소이다."

단백승이 대답과 함께 시신들 앞에 쭈그려 앉았다. 그리고 잠시 동안 눈으로 보고 손끝으로 눌러본 후 상처까지를 세세히 살폈다.

사인(死因)의 검증.

무공만 높다고 할 수 있는 게 아니다. 얼마나 많이 사람을 죽여보고 다양한 방법으로 죽은 자를 살폈냐가 중요했다. 풍부한 경험이 없으면 할 수 없는 일이다.

그런 면에 있어서 위천복은 결코 단백숭의 상대가 되지 못했다. 같은 정파인이라 해도 단백숭은 사천제일의 대협이라 불리는 위천복보다 훨씬 많은 실전을 경험한 사람이었다.

운남.

중원보다는 새외에 가까운 이 땅은 척박했고, 그만큼 위험한 세력 싸움이 끝없이 펼쳐지는 대지였다. 점창파는 그곳의 맹주임을 자처하고 있었고.

그렇게 잠시의 시간이 흘러 단백숭이 시신에서 손을 떼고 몸을 일으켰다. 평소의 자신만만하던 표정이 다소 어두워져 있다. 시신에 나 있는 상처가 괴이해서 알아낸 게 그리 많지 않았기 때문이다.

"이건 어렵군……."

"흉수의 정체를 짐작하실 수 있겠소이까?"

위천복의 물음에 단백숭이 미미하게 고개를 가로저었다. 처음 나설 때의 기세가 크게 꺾여 버렸다.

그를 따르던 운남 무인들이 안타까운 표정이 되었다. 사천 무림대회가 시작되기 전에 단백숭이 크게 한 건을 터뜨려서 기선 제압에 나설 기회를 놓쳤다 여긴 것이었다.

그러는 새 다른 무리가 접근해 왔다. 지난 며칠간 남궁수를 접점으로 해서 행동을 함께하던 엽자건과 육우를 비롯한 강북무림의 후기지수들이었다.

시신을 발견한 남궁수가 옥용을 가볍게 굳혔다.

'엽 소협의 말대로 이미 백림산장 주변에 천라지망이 펼쳐져 있었구나! 그럼 이젠 어쩌지?

그녀의 시선이 자연스레 엽자건을 향했다. 그의 말대로 했다가 사람이 죽은 걸 자책이라도 할까 걱정된 거다.

그때 엽자건은 이미 앞으로 나서고 있었다.

시신을 확인하기 위함이다.

체면을 구긴 상태인 단백승이 남궁수 쪽을 한차례 살핀 후 시비를 걸고 나섰다.

"어린 친구가 나설 자리가 아니니 물러나게나!"

"그래서 늙은 친구는 무얼 좀 알아낸 게 있으신 겁니까?"

"무어라?"

단백승의 눈에서 한광이 일어났다. 점창파가 자랑하는 사일검법(射日劍法)이 이미 발검되기 직전에 이르러 있었다.

더불어 일어난 무형의 살기!

예리한 검날로 전신을 난도질하는 듯하다.

그러나 엽자건은 태연했다.

단백승이 비록 점창파의 속가제일의 검객이라 불리긴 하나 승천검군 남궁황 같은 천하삼대검객에 비할 바는 못 되었다. 더군다나 살기로 친다면 전장의 피비린내 나는 아수라장

을 굴러다녔던 엽자건의 천살지기의 근처에도 이를 수 없었
다.

싱긋.

오히려 입가에 미소를 매단 엽자건이 천연덕스레 말했다.

"아무것도 알아낸 게 없다는 뜻으로 받아들이지요. 그 검
진짜로 뽑지 않으려거든 이만 길을 비켜주십시오."

"……."

엽자건은 단백승의 살기를 무시한 채 다시 시신 쪽으로 걸
어갔다.

덕분에 훤히 드러난 등판.

단백승은 머릿속에서 단숨에 엽자건을 십여 토막 이상으
로 잘라 버렸다. 진짜로 가능한 일이었다, 그가 마음만 먹는
다면.

하지만 그는 끝끝내 검을 뽑지 못했다.

주변에 너무 많은 이목 때문?

그보다는 자신이 날려보낸 살기를 아무렇지도 않게 받아
넘긴 엽자건의 태도가 그의 행동을 제약했다. 놀랍게도 무수
히 많은 실전을 통해 얻은 위기관리 능력이 발동한 것이다.

'어째서?'

단백승이 내심 자신을 책하고 있을 때였다. 어느새 시신 앞
에 이른 엽자건이 검시를 시작했다. 무인이 아니라 전장에 나
선 군인의 감각을 동원해 사인을 찾아 나섰다.

잠시 후.

엽자건이 시신들에서 손을 떼고 자리에서 일어섰다. 처음과 다름없이 표정에는 변함이 없다.

"사인은 맹수 몰이요."

"맹수 몰이?"

생소한 용어에 위천복이 눈살을 찌푸려 보였다. 그 역시 무림에서의 관록이 적지 않은 사람인데, 엽자건이 한 말의 의미를 짐작조차 할 수 없었다.

엽자건이 설명하듯 말했다.

"맹수 몰이란 전장에서 쓰이는 말입니다. 다섯 명에서 스무 명에 달하는 인원이 각자 칼날이 달린 어망과 장창, 장궁과 단궁, 쇠갈퀴 등을 이용해서 장수를 포획하는 걸 뜻하지요."

"그건 그럼……."

"백림산장을 포위하고 있는 자들은 일반적인 무림 세력이 아니라 전문적으로 집단전을 연마한 정병이란 뜻입니다. 아마 숫자는 대략 삼백에서 천 명 사이는 될 것 같고요."

"어째서 정병이 백림산장을 포위했단 말인가? 우리가 역적 모의를 한 것도 아닌데… 설마, 황실에서 이번 사천 무림대회가 개최되는 걸 못마땅하게 생각하는 것인가?"

"그렇진 않을 겁니다. 이런 종류의 맹수 몰이는 후금 정병들의 특기니까요."

"후금? 요즘 북원의 타타르와 함께 북방을 어지럽히고 있다는 그들을 말하는 것인가?"

"강한 자들이지요. 그들은 아마도 사천 무림대회가 후금에 불리하게 작용될 것을 걱정한 게 아닌가 싶습니다."

"……."

엽자건이 한 말은 전적으로 지난 며칠간 잔뜩 머리를 굴려서 생각해 낸 거였다. 백림산장에 모여든 정파 무림인들을 이용하지 않고선 결코 천라지망을 돌파할 가능성이 없다는 판단을 내린 까닭이다.

침묵 속에 깊은 생각에 잠긴 위천복에게 단백승이 다가들었다. 표정이 사뭇 의심에 차 있다.

"위 대협, 저 어린 녀석의 말을 곧이곧대로 믿으시는 건 아닐 테지요?"

"단 대협, 무슨 다른 고견이 있으면 말씀하시오."

"고견이랄 것까지야 있겠소만, 후금의 정병이 느닷없이 백림산장을 포위했다니, 지나치게 황당한 일이지 않소이까?"

"황당한 일이지요. 황당한 일입니다. 하지만 근래 강남에선 부상국의 해적들이 들끓고, 북방에선 북원의 타타르와 후금이 난리를 부리고 있다고 들었소이다. 이번 사천 무림대회역시 북원의 지원을 받는 포달랍궁의 중원 침공으로 인해 열리게 된 셈이니, 아예 말도 안 되는 일이라곤 볼 수 없다고 생각하외다.”

“그렇다고 저 어린 녀석의 말이 맞다는 증거가 될 순 없소이다! 그러니…….”

뒤로 갈수록 목소리를 높이던 단백승이 뒷말을 꿀꺽 삼켰다. 갑자기 남궁수가 그를 향해 다가들었기 때문이다.

착각이었다.

남궁수는 그가 아니라 위천복에게 다가간 거다.

“위 선배님, 엽 소협의 말은 모두 옳습니다.”

“그건, 설마?”

“예, 전날 제가 위 선배님께 부탁을 드린 건 이번 같은 일이 벌어질 것을 염려했기 때문이었습니다. 거기에는 엽 소협의 도움이 컸고요.”

“허어!”

위천복이 새삼스런 표정으로 엽자건을 바라봤다.

잘생긴 얼굴이나 눈매가 매섭다. 근래 세수경을 얻은 덕분에 특유의 천살지기가 크게 누그러졌으나 선한 인상은 아니다. 남궁수와 같은 명문세가의 절세미인과는 어울리지 않는다는 생각이 들 수밖에 없다.

엽자건이 말했다.

“그래서 말인데, 위 선배님, 우리는 오늘 밤 중으로 백림산장을 탈출해야 할 것 같습니다.”

“후금의 정병이 곧바로 백림산장을 공격해 들어올 거란 말인가?"

"아마 그럴 겁니다. 백림산장에서 타 문파에 지원을 요청한 사실을 알았으니, 더 이상 포위만 한 채 기다릴 이유가 없습니다. 자칫 진짜로 타 문파에서 지원이 오기라도 한다면 목표를 이루기가 어려워질 테니까요."

"그럼 그들의 목표는 뭐라고 생각하나?"

"저들이 아니겠습니까?"

엽자건이 강북과 사천, 운남의 후기지수들을 손가락으로 가리켰다, 자신과 감요진은 쏙 빼놓고.

*　　　*　　　*

산등성이 너머.

어느새 황혼의 은은한 붉은빛으로 물들어가고 있다.

묵묵히 노을빛에 자신을 내맡기고 있던 냉고성의 옆에 두 진양과 부탄이 함께하고 있었다.

천라지망!

어느새 살망에서 살파로 전환되어져 있었다. 이제 백림산장을 빠져나올 무림인들을 한 무리씩 나눠서 각개격파해 나가기만 하면 되었다.

'백림산장에 진짜로 병법을 아는 자가 있다면 필시 오늘 밤을 넘기지 않고 천라지망을 돌파할 계책을 낼 것이다. 어떤

방법을 사용할지는 모르겠지만.'

냉고성은 문득 엽자건을 떠올렸다.

오 년 전 곤왕 유대유를 잡기 위해 칠마가 공동으로 놨던 덫이었다. 아직까지 살아남아 있으리라곤 상상조차 못했는데, 이젠 커다란 장애물로 등장했다.

도대체 어떻게?

냉고성은 파천마곤 보종을 먼저 떠올리고, 그다음 소림사를 떠올렸다. 희대의 괴걸과 천 년의 저력이 모조리 집중되었다면 엽자건을 죽음 중에서 살릴 가능성 역시 있지 않았겠는가!

다만 그가 한 가지 간파하지 못한 사항이 있었다.

소림사로부터 여태까지 도주를 주도한 사람이 감요진이 아니라 엽자건이었다는 점이다. 그리고 지금 그의 전의를 불타오르게 만들고 있는 상대 역시 동일 인물임을.

그 같은 생각과 함께 어둠이 깃들기를 기다리고 있는 냉고성에게 두진양이 이죽거리듯 말했다.

"흐흐, 백림산장에 모인 정파의 애송이들 중에 제법 인물이 반반한 녀석들이 있는 것 같더군. 그들 중 몇 명은 내가 좀 데리고 놀 생각이니 신경 끄고 있으라구."

'고자 녀석 주제에!'

냉고성이 두진양을 못마땅하게 바라봤다.

사내 구실을 못하게 된 그가 어떻게 여자를 즐기려는지 짐작조차 못하겠다. 아마도 꽤나 변태적인 방법이 될 터였다, 황궁의 내관들이 그러하듯이.

바로 그때였다.

여태까지 한마디 말도 없이 황혼으로 물들어가고 있는 백림산장 쪽을 바라보고 있던 부탄이 짤막한 경호성을 발했다. 무언가 이상한 낌새를 챈 거다.

"연기다!"

'연기?'

냉고성이 얼른 두진양에게서 시선을 떼어냈다. 그때 두진양 역시 황당한 목소리를 낸다.

"저거 불길 아냐?"

"불길… 맞다!"

"어째서?"

두진양의 질문에 냉고성은 성급하게 대답하지 않았다. 갑자기 머리가 헝클어진다. 설마하니 백림산장에 불을 지를 줄은 몰랐기 때문이다.

그때 문득 뇌리를 스친 생각 하나!

'설마! 비밀 통로가 있었던 것인가?

백림산장의 주인은 사천제일의 대협이라 불리는 위천복이다. 강호에 몇 없는 정인군자로 불리는 사람이다.

하지만 사람의 속을 어찌 알까?

그가 겉과 속이 다른 위선자일 수도 있다. 그래서 남들이 모를 은원을 맺었을지도 모른다. 무림 중에 매우 흔한 일이다. 자신의 처소에 비밀 통로를 만들어놓는 것과 함께 말이다.

"살파를 살암(殺暗)으로 전환한다! 지금 당장!"

"살암으로?"

"그래!"

냉고성의 차가운 대답에 두진양이 한차례 눈살을 찌푸려 보이곤 얼른 황천살검대에 명령을 내렸다.

살암!

기습전이다, 그것도 총력을 다한.

그 순간 냉고성이 부탄과 시선을 교환한 후 곧바로 신형을 공중으로 뽑아 올렸다.

살암이 시작되면 적아의 구별이 없어진다.

무차별적인 도살전이 시작되는 거다.

그러니 그전에 감요진을 찾아야만 했다. 부탄이 필요한 건 바로 그 때문이었다.

"썅!"

뒤늦게 냉고성의 속내를 눈치챈 두진양이 역시 신형을 날렸다.

감요진의 생포!

그 무엇에 우선이었다.

절대 냉고성에게 선수를 빼앗길 순 없었다.

        *   *   *

배후의 백림산장이 한 덩이 커다란 화마에 집어삼켜지는
때.

엽자건은 위천복과 백림산장의 무사들이 중심이 된 매복
조에 속해 눈을 빛내고 있었다.

이번 작전의 핵심은 바로 백림산장을 희생하는 거였다.

당연히 주인인 위천복을 설득하는 데 상당한 공을 들이지
않을 수 없었다. 그와 함께 매복조에 속하게 된 건 바로 그 때
문이었다.

그럼 다른 자들은?

운남의 무인들은 단백승과 함께 백림산장을 곧바로 탈출
하겠다고 발을 뺐고, 유백온과 육우가 중심이 된 후기지수들
에겐 난전 시의 역습이 맡겨졌다. 혹시라도 작전이 예상과 달
리 전개될 경우를 대비한 일종의 보험이었다.

'이런 때 전장의 피투성이 싸움을 경험해 보지 못한 애송
이 녀석들은 오히려 짐이 될 뿐이니까. 하지만 내 예상대로
잘 돼야 할 텐데 말야.'

엽자건은 내심 염두를 굴리던 중 눈을 빛냈다.

배후의 불길 때문에 더욱 어두워 보이는 저편에서 은밀하
나 매우 재빠른 움직임이 하나둘 모습을 드러냈다. 다행히 그
의 예상대로 전황이 변모하기 시작한 것이다.

“엽 소협, 자네 말대로 진짜 잔뜩 몰려왔구만! 이젠 어찌해야 하는가?”

“곧 병력의 분산이 있을 겁니다. 속도 역시 현저히 늦어질 거고요. 그때 기습적으로 치고 나갑니다.”

“포위망을 뚫고 도주하는 게 아니고?”

“계획 변경입니다.”

“계, 계획 변경?”

“주전력이라 할 수 있는 단 대협 일행이 포위망을 뚫고 도주에 나서겠다고 빠졌습니다. 이런 상황에서 우리 역시 도주에 나선다면 각개격파를 당할 뿐입니다. 후방에 남은 역습조 역시 손 한 번 써보지 못하고 몰살을 당할 거고요.”

“그, 그건 얘기가 다르잖은가! 나는 자네의 말을 믿고 모두의 반대까지 무릅쓰고…….”

“압니다! 그 점은 고맙게 생각하고 있습니다. 하지만 야전이란 게 본래 그렇습니다. 항상 살아 있는 생명체처럼 변화가 극심하기 때문에 임기응변이 중요합니다.”

“…그럼 자네의 임기응변은 무엇인가?”

“단 대협 일행을 미끼로 삼아 적의 배후를 칩니다!”

“그, 그건…….”

“병력이 제 예상보다 많은 것 같습니다. 망설이시다간 모두 죽습니다!”

“……”

결국 위천복이 어렵게 고개를 끄덕였다. 엽자건이 한 말이 결코 틀리지 않은데다 자신의 간곡한 부탁을 물리치고 떠난 단백승 일행을 계속 두둔하기가 쉽지 않았기 때문이다.

엽자건이 한마디를 던져 그의 불편한 심기를 조금 가라앉혀 줬다.

"단 대협 일행은 최강의 전력입니다. 결코 쉽사리 무너지진 않을 겁니다."

"그, 그렇겠지?"

"예."

엽자건이 대답과 함께 씩 웃어 보이곤 재빨리 손을 들어 올렸다.

암습조의 움직임!

이제 막 시작되려 하고 있었다.

第三十三章

전장지주(戰場之主)

少林棍王

소림곤왕

"크악!"

"크아아악!"

백림산장을 바로 코앞에 뒀던 황천살검대 살암 일진의 입에서 처절한 비명성이 연달아 터져 나왔다.

어둠 속에서 소리없이 튀어나온 수백 개의 죽창!

발의 밑창을 뚫고, 허벅지를 찌르고, 복부에 커다란 구멍을 만들어놓는다.

그것만으로 끝일 리 없다.

곧 하늘에서 칼날이 달린 그물이 무더기로 떨어져 내렸다.

제아무리 정예병이라 해도 공포에 질리지 않을 수 없는 암습이 펼쳐진 것이다.

그래도 정예가 달리 정예인 게 아니다.

"원진(圓陣)! 원진이다!"

"일단 원진으로 전열을 가다듬은 후 암습에 대비하라!"

백인장들이 나섰다.

그들은 재빨리 목청을 돋워서 공포가 전염되는 걸 막아냈다. 기습을 하다 오히려 강력한 역습을 당한 상태다. 일단 전열을 가다듬고서 생각해 볼 요량이었다.

물론 그 점까지 엽자건은 예상하고 있었다.

'저놈들이군!'

내심 눈을 빛낸 엽자건이 위천복과 시선을 나눴다. 미리 말을 맞춰놓았던 만큼 행동에 망설임이 있을 수 없다.

쉬악!

촤아악!

엽자건과 위천복이 동시에 움직였다. 목청을 높인 백인장들이 목표였다.

"커억!"

"크헉!"

백인장 둘이 동시에 목숨을 잃었다. 엽자건의 패왕검과 위천복의 애병인 사인검(斜刃劍)에 목이 뚫리고, 사혈이 찔렸다.

더불어 움직이기 시작한 백림산장의 무인들!

어제까지 자신들의 안온한 거처였던 백림산장에 스스로 불을 지른 자들이었다.

분노가 하늘을 찌르지 않을 수 없다.

그들의 독랄한 손속에 잇단 기습과 백인장의 죽음에 전의를 완전히 잃어버린 황천살검대가 하나둘 쓰러져 갔다. 거의 제대로 된 싸움조차 해보지 못하고 괴멸되어 버린 거다.

그렇게 한차례 싸움이 끝났을 때였다.

엽자건이 귀를 땅에 대고 잠시 땅의 울림을 살피고는 위천복에게 눈짓을 보냈다. 다시 움직일 때가 되었다는 뜻이다.

"또 같은 방법을 사용하는 건가?"

"이번엔 움직여야만 합니다. 예상대로 단백승 선배의 일행 쪽으로 상당히 많은 병력이 움직이기 시작한 것 같으니까요."

"……"

위천복이 수중의 사인검을 힘줘서 쥐었다.

그의 평생에 가장 험난한 싸움은 이제 막 시작되었을 뿐이었다. 절대로 뒤를 생각해선 안 되었다.

*   *   *

'엽자건……'

유백온은 잔뜩 긴장해 있었다.

나이 다섯에 집을 떠나 무당산에 올라서 일곱부터 검을 손에 쥐었다.

무당파의 속가제자!

진수를 배울 수 없는 게 당연하다.

그러나 그의 천재적인 무(武)의 재능은 불가능을 가능케 만들었다.

나이 열 살이 되던 해였다.

그에게 꿈같은 기회가 찾아왔다. 무당파 장문인이자 정파 삼기의 일좌를 차지하고 있는 태극검성 풍암 진인의 눈에 뜨인 것이었다.

그 뒤 그는 십수 년간의 잠심연무 끝에 강북제일의 후기지수의 자리를 차지하게 되었다. 육우의 대형이 되어 후일 천하무림을 이끌어갈 동량으로 확실한 자리매김을 했다. 남궁수와의 비무가 있기 전까진 분명 그러했다.

모두 과거의 일이었다.

남궁수에게 패배한 후 다시 균현으로 돌아간 유백온은 처음부터 다시 시작하는 마음으로 풍암 진인에게 가르침을 청했다. 후일 가문의 대를 이은 후 관건의 예를 치르고 본산제자가 되겠다는 다짐을 한 후 태극혜검(太極慧劍)을 전수받은 거다.

그런데 지금 유백온은 전신을 가볍게 떨고 있었다.

이유는 자명하다.

바로 코앞에서 엽자건이 벌인 싸움 때문이다. 그의 놀랍도록 주도면밀한 암습과 역습의 지휘와 전광석화 같은 움직임에 소름이 돋았다. 전신의 세포와 근육이 다닥다닥 일어나더니, 미친 듯한 꿈틀거림을 보이고 있었다.

투쟁 본능!

항상 명경지수(明鏡止水) 같은 상태를 유지하고 있던 유백온의 심부 깊숙한 곳에서 불끈거리며 치솟아오르고 있었다. 항상 억눌러야만 한다고 생각했던 야성의 피가 온몸을 덥히고 있었다.

그런 느낌을 받은 건 유백온뿐만이 아니다.

엽자건의 강권에 밀려 감요진과 함께 역습조에 몸을 담게 된 남궁수의 눈 역시 맑게 타오르고 있었다.

같이 있는 일이 많아져서인가?

툭하면 두근거리던 심장의 고통은 근래 현저히 줄어들었다. 여전히 엽자건과 함께 있을 때는 미묘한 요동을 보이나 어느 정도 제어할 수 있게 된 상태였다.

그런 터에 목도하게 된 엽자건의 싸움.

또 다른 느낌을 던져 준다.

'엽 소협의 무(武)는 내가 생각했던 그 이상이로구나! 형식의 추구에 머문 죽어 있는 무가 아니라 생생하게 살아 있는 진짜 무였어……'

여태까지 그녀를 괴롭혔던 심장의 두근거림은 지금 의미

를 잃어버리고 있었다.

어렸을 때부터 줄곧 인생의 가치, 그 자체였던 무의 새로운 모습 앞에 남궁수는 홀린 표정이 되었다.

지금 당장 그에게 달려가서 함께 검을 휘둘러보고 싶은 마음과 계속 지켜보고 싶다는 마음이 충돌하였다. 도대체 어찌해야 할 바를 모를 정도였다.

물론 두 사람은 특별했다.

다른 후기지수들은 어둠 속에서 벌어지고 있는 치열한 싸움에 잔뜩 겁을 집어먹고 있었다.

평생 무학을 연마했으나 진짜 피와 살이 튀는 전장에는 근처조차 가본 적이 없었다. 이런 처참한 싸움을 목도한 후 몸이 굳는 건 어쩔 수 없는 일이었다.

감요진이 덜덜 몸을 떨고 있는 후기지수들을 살핀 후 내심 고개를 가로저었다.

'이런 애송이들과 함께 날 처박아놓다니, 자건도 무슨 생각인지 모르겠구나! 진짜로 여차하면 내가 이 어린애들을 책임져야 하는 건 아닐 테지?

맞다.

엽자건은 진짜 그런 생각으로 감요진을 후기지수들과 함께 역습조에 박아놨다.

엽자건이 보기에 유백온과 남궁수의 무위는 평범한 후기지수의 수준을 몇 단계 이상 뛰어넘고 있었다. 웬만한 절정

급 무인보다 낫다는 생각까지 했다.

하지만 그들은 개인적으로만 강했다.

다른 약하고 경험이 일천한 후기지수들을 이끌고 난전을 헤쳐나갈 만한 지도력이나 판단력은 기대키 어려웠다.

오히려 그런 점에 있어선 당소교가 개중 낫다고 할 수 있으나 그녀와는 관계가 틀어진 지 오래였다. 단백승 무리처럼 제멋대로 이탈하여 사고를 칠 가능성을 배제할 수 없었다. 감요진에게 후기지수들을 부탁한 건 바로 그 때문이었다.

결국 감요진이 내심의 한숨과 함께 거의 얼음덩이나 다름없이 굳어 있는 후기지수들에게 다가갔다. 유백온과 남궁수가 엽자건의 싸움에만 빠져 있으니, 그녀라도 후기지수들을 다독여 놓아야 한다는 판단이었다.

"떨 것 없소. 싸움은 엽 소협의 계산대로 진행되어 가고 있으니까."

"누, 누구세요?"

"감요식이오, 엽 소협과 함께 백림산장에 온."

"아!"

안색이 창백하게 질려 있던 우신애가 반가운 기색이 되었다. 엽자건이 동료로 인정한 사람이라니, 왠지 모르게 믿음이 간 것이다.

그녀의 옆에 초긴장한 모습으로 사각도를 빼 들고 있던 북궁예연 역시 눈을 빛내며 고개를 끄덕여 보였다.

남장으로 변복했다곤 하나 절세적인 미모가 어디 가지 않는다.

감요진의 현 모습은 상당히 출중했다.

다소 여성스러움이 깃든 모습은 남성미를 물씬 풍기는 엽자건이나 부드러우면서도 고고한 유백온과는 또 다른 매력으로 다가왔다.

적어도 우신애나 북궁예연의 눈에는 그리 보였다.

'게다가 감 소협은 엽 소협이나 백온 대가와 달리 우리 곁에 있잖아! 굉장히 상냥한 사람일 게 분명해!'

'엽자건이란 녀석도 화장한 모습이 무척 좋았지만, 이 녀석은 진짜로 예쁠 것 같구나…….'

우신애와 북궁예연은 떨림이 크게 줄어드는 걸 느꼈다. 여태까지 전혀 관심이 없던 감요진에게 관심이 확 기운 게 주요한 원인이었다.

'역시 애송이들! 환몽사안에 잘도 넘어오는구나!'

내심 미소 지은 감요진이 곧 다른 후기지수들에게 다가갔다. 그들에게 연달아 환몽사안을 걸어서 자신에 대한 사랑으로 공포심을 잊어버리게 만들려 한 거다.

그런 감요진을 멀리서 지켜보고 있는 여인이 있었다.

당소교다.

그녀는 줄곧 불만 섞인 표정으로 유백온과 남궁수를 살피던 중 감요진의 움직임에 관심을 갖게 되었다.

'기묘한 자로구나! 아니, 사내가 아니라 계집인지도 모르겠군. 전날 엽자건, 그 자식과 함께 있던 계집이 다시 변복을 한 것일지도 모르니까.'

감요진의 정체에 그녀는 여태까지는 그리 크게 관심을 두지 않았었다. 유백온과의 재회에 온 정신을 빼앗기고 있었기 때문이다.

하지만 이제 사정이 달라졌다.

느닷없이 후금의 정예병들에게 백림산장이 공격을 당하게 되었고, 그게 하필이면 엽자건 일행과 재회한 직후였음을 쉽사리 넘길 수 없어서였다.

당소교가 떠올린 의심의 핵심은 정체를 숨기고 있는 감요진과 엽자건이었다. 그 두 명이 오늘과 같은 커다란 암운을 달고서 사천에 나타났다는 의심을 지우기가 쉽지 않았다.

'하지만 지금은 일단 살아남는 게 우선일 터! 한동안만이겠지만 협력해 주도록 하지!'

내심 생각을 정리한 당소교가 감요진을 향해 다가갔다. 이제부터라도 슬슬 그녀와 친해둬야겠다는 판단이었다. 냉정한 눈으로 보자면 벌벌 떠느라 바쁜 주변의 후기지수보단 그녀가 현재 훨씬 쓸모있는 게 분명했다.

*   *   *

냉고성은 눈살을 찌푸렸다.

누구보다 빨리 백림산장에 도착한 그를 반긴 건 거대한 화마(火魔)였다.

결코 조작이 아니다.

하늘 높이 치솟은 불길은 당장 그 자신마저 통째로 집어삼킬 것 같았다. 유인을 위해 일부러 피운 불이라면 참 독한 짓을 했다고밖엔 볼 수 없다.

"저 정도 불길이라면 당장 비밀 통로를 찾는 건 무리겠군. 건방진!"

불길을 바라보며 나직이 뇌까리던 냉고성의 입에서 갑자기 차가운 일갈이 흘러나왔다.

더불어 그의 소매 속에서 튀어나온 만리지도!

단숨에 현란한 요광(天光)과 함께 주변을 쓸어버린다. 처절한 피무지개를 동반했음은 물론이다.

"크악!"

"우아악!"

잇단 비명과 함께 대여섯 명이 사방으로 나뒹굴었다. 이미 치명상을 입은 직후다.

그러나 냉고성은 다시 잔혹심살도법을 펼치는 대신 신형을 공중으로 급하게 띄워 올려야만 했다. 어느새 바닥을 긁으며 대여섯 개의 쇠갈고리가 날아들고 있었기 때문이다.

목표는 뻔하다.

냉고성의 다리를 못쓰게 만들려는 거다.

그럼 다음 동작 역시 준비되지 않았을 리 없다.

냉고성의 만리지도가 다시 사방으로 격렬하게 내쳐졌다.

차창! 창창창!

만리지도로 만들어낸 일종의 도막(刀幕)에 가로막힌 강전이 사방으로 튕겨 날아갔다. 손목이 욱신거리는 게 일반적인 강궁이 아니다. 군에서 사용하는 연노류임이 분명하다.

"죽일!"

냉고성이 급하게 신형을 회전시키며 바닥에 떨어져 내리다 다시 노성을 터뜨렸다.

기다렸다는 듯 움푹 들어가는 바닥!

사방이 구덩이투성이다. 아예 작심하고 기다리고 있었던 거다.

게다가 거꾸로 꽂혀 있는 서슬 푸른 죽창들!

욱신!

바닥에 몸이 잠겨 들어가는 순간 발끝에 내력을 집중해 죽창을 차고 신형을 띄워 올리던 냉고성의 인상이 험악해졌다. 이미 허벅지를 다시 날아든 쇠갈고리에 긁힌 상태다.

"크악!"

냉고성이 심살기를 잔뜩 실어 대갈을 터뜨렸다. 머리 위로 떨어져 내린 칼날 달린 투망 때문에 다시 구덩이 속으로 떨어져 내린 것과 동시의 일이었다.

“크악!”

“커억!”

“크아악!”

과연 효과가 있었다.

심살기가 실린 일갈에 구덩이를 메우기 위해 달려들던 대여섯 명의 무사가 피를 토하며 나뒹굴었다. 냉고성을 죽일 수 있는 절호의 기회를 놓쳐 버린 것이다.

스슥!

그때를 놓치지 않고 냉고성이 구덩이 속에서 뛰어올랐다.

그와 함께 폭발적으로 확산된 도강(刀罡)!

잔혹심살도법의 절초들이 냉고성보다 먼저 구덩이 속에서 튀어나왔다. 단숨에 주변을 쓸어버렸다. 초토화시켰다.

슉!

자신이 만들어놓은 폐허 위에 가볍게 떨어져 내린 냉고성의 입술이 꿈틀거렸다.

그의 앞에 한 명의 장년 무인이 피투성이가 된 채 서 있다. 이번 맹수 몰이의 책임자이자 백림산장의 총관인 촉산도객(蜀山刀客) 한숭이었다.

잔혹심살도법의 도강에 스친 그의 옆구리.

언뜻언뜻 내장이 내비칠 정도로 크게 벌어져 있다. 수하들과 마찬가지로 바닥에 널브러져 있지 않은 게 오히려 이상할 지경의 중상이다.

“제법 기백이 있는 놈이 있었군.”

“당신은 설마 새외칠마의 한 명인 냉고……”

한승은 말을 끝맺지 못했다.

순간 번뜩임을 보인 도광이 그의 생명을 앗아간 까닭이다.

결과는 양단!

피분수를 뿜어내며 바닥에 무너져 내린 한승에게 곁눈질 조차 던지지 않고 냉고성이 아직 숨이 붙어 있는 자들에게 다 가갔다. 고문에 들어가기 직전에 항상 그렇듯 눈이 회색빛을 띠기 시작했음은 물론이었다.

*   *   *

단백승은 내심 후회하고 있었다.

백림산장에서 빠져나올 때까지만 해도 그는 자신만만했 다.

후금의 정예?

웃기는 소리였다. 처음 봤을 때부터 마음에 들지 않았던 엽 자건에게 심약하고 귀가 얇은 위천복이 홀딱 속아 넘어갔다 고 생각했다.

그를 따라 백림산장을 빠져나온 운남과 사천 일대의 무림 인들의 생각 역시 비슷하거나 현실적이었다. 후금의 정예병 에게 포위됐다는 것도 믿기 힘들었으나 설혹 그렇다 해도 최고의 고수인 단백승을 따르는 편이 낫다 여긴 거다.

그런데 백림산장을 나서자마자 사정이 바뀌었다.

천지사방에서 달려든 황천살검대의 돌격은 무서우리만치 은밀하고 날카로웠다.

그들은 체계적으로 달려들어 검을 날리고 빠지길 반복하며 단백승 일행을 한 명 한 명 해치웠다. 어둠 속에서 자유자재로 공격하고 빠져나가는 차륜전을 귀신같이 수행했다.

그 결과 백림산장을 빠져나온 지 이각이 채 지나기도 전에 삼십 명에 달했던 단백승 일행은 절반으로 줄어들었다. 상당한 숫자가 절정에 근접한 일류 급의 고수였던 걸 생각하면 어처구니없다는 말로도 표현이 부족한 일이 벌어진 셈이다.

그래도 단백승은 역시 싸움에 능숙한 자다웠다.

내심 크게 놀란 상태에서도 그는 일행들을 수습했다. 자신을 중심으로 원진에 가까운 형태로 방어진을 구축하게 만든 것이다.

"무공이 그리 높은 자들은 아니오! 뒤를 믿고 단단히 전면만 대비하고 있으면 충분히 막아낼 수 있는 공격이야!"

"단 대협의 말이 옳소이다!"

"단 대협을 중심으로 모여서 정면 공격에만 집중하도록 합시다!"

호응한 자들은 점창파와 친한 문파인 곤명(昆明)의 서산파(西山派)와 석림(石林)의 금강문(金剛門) 출신들이다. 단백승의 독단에 따라 백림산장을 떠났다가 엄청난 피해를 당했음에도 여전히 그를 지지할 수밖에 없는 이유다.

그러나 상당한 사람들이 이미 무공의 고하를 떠나 얼이 빠져 있었다. 나름대로 이름이 있는 서산파와 금강문의 고수들이 목청을 높이니, 얼떨결에 그에 따르느라 여념이 없었다. 무의식적으로 그리하고 있을 뿐이었다.

　ー살아야 한다!

지금 이 순간, 그들의 머릿속에서 계속 울려 퍼지고 있는 단 하나의 목소리였다. 대전제였다.

바로 그때였다.

잠시간 강력한 방어진에 막혀서 공격이 뜸해진 듯하던 황천살검대에서 새로운 움직임이 있었다.

삼 인 일 조의 공격!

세 명이 한데 뭉쳐서 공격해 들어온다. 각자 검과 군도(軍刀)와 단창을 쥔 채로 단백승 일행 중 한 명을 골라 성난 황소처럼 달려든 것이다.

그래도 일류 급의 고수라면 능히 막아낼 수 있다.

여태까지도 그래 왔다.

몇 명의 고수들이 강력한 공격으로 삼 인 일 조의 직격을 막아냈다. 단숨에 부숴 버렸다. 단 일검으로 삼 인의 목을 한꺼번에 날려 버린 자까지 있었다.

'그러면 그렇지, 제깟 것들이 정예병이래 봤자……'

단백승이 내심 안도하다 눈을 크게 떴다. 삼 인 일 조의 공격을 강력한 반격으로 박살낸 자가 갑자기 피를 뿜으며 무너져 내렸다. 하반신이 온통 피투성이다.

삼 인 일 조?

눈에 보이는 것만 그러했다. 실제론 두 명이 더 어둠 속에 숨어 있었다. 그것도 백인장 급의 고수가.

삽시간에 철통같은 방어진을 구축하고 있던 고수 세 명을 잃어버렸다.

난전(亂戰)!

다시 시작될 수밖에 없었다.

'그럴 순 없다, 절대로!'

결국 중앙에서 절대 움직이지 않던 단백승이 애검 낙안검(落雁劍)을 빼 들었다. 어떻게든 다시 난전 상태가 되는 걸 막기 위해 전장의 지휘를 포기한 것이다.

그리고 바로 그때다.

쇄에엑!

섬뜩한 기음과 함께 어둠을 가르며 암기가 날아들었다. 목표는 검을 빼 든 단백승이었다.

'빠르다!'

단백승은 내심 경호성을 발하며 검을 휘둘렀다.

사일검법의 절초 중 하나인 탄호검파(彈浩劍波)!

대기를 물결처럼 튕기며 좌우로 퍼진 단백승의 낙안검의 검기가 암기의 직격을 막아냈다.

파삭!

'돌멩이?'

단백승은 놀랐다. 설마 암기의 정체가 평범한 돌멩이였을 줄은 몰랐기 때문이다.

그때 다시 암기가 연달아 날아들었다.

모두 단백승이 목표다.

파삭! 파삭!

단백승은 하나도 빠짐없이 돌멩이를 박살냈다. 과연 점창파가 자랑하는 속가제일의 검객다운 손속이다.

그런데 이게 어찌 된 일인가!

갑자기 단백승의 입가로 핏물이 줄줄 흘러내렸다. 여전히 낙안검은 날카로웠으나 속도는 현저히 줄어들었다. 실려 있는 검력 역시 마찬가지다.

암기가 문제다.

연달아 단백승을 노리며 날아든 돌멩이에 깃든 무형의 경력이 차곡차곡 몸에 쌓였다가 폭발했다. 놀랍게도 절정의 고수인 단백승에게 치명적인 내상을 입힌 것이다.

다시 돌멩이가 날아왔다.

파삭!

역시 검으로 돌멩이를 부순 단백승의 얼굴이 길게 찢겼다. 이번의 검격은 약했다. 파편까지 확실히 제거하는 데 실패한 건 그 때문이었다.

게다가 그것만으로 끝나지 않았다.

"우웩!"

결국 단백승이 피를 토했다. 신형 역시 마구 흔들린다. 방금 전 폭발했던 무형의 경력이 이번엔 폭풍처럼 그의 몸속을 헤집고 있었다.

"단 대협!"

"단 대협!"

이제 열 명 안팎까지 줄어든 방어진을 어렵게 지키고 있던 일행 중 서산파와 금강문 출신의 고수들이 놀라 소리쳤다.

최후의 보루였던 단백승이다.

그가 갑자기 피를 토하고 몸을 마구 떨어 보이니, 사기가 급격히 저하될 수밖에 없다.

그때 마침표를 찍듯 주변을 철통같이 포위한 황천살검대를 가르며 두진양이 모습을 드러냈다. 방금 전 연달아 돌멩이를 던져서 단백승을 완전무결하게 제압한 장본인임은 두말하면 잔소리일 터다.

"소속 문파가 어찌 되지?"

"나, 나는 점창파의 단백승이다!"

"떨거지군."

“…….”

단 한마디로 단백승의 입을 다물게 만든 두진양이 일순 바람으로 변했다.

퍼퍽! 퍽!

단백승의 앞을 황급히 가로막던 두 고수의 머리통이 폭발하듯 터져 나갔다. 서산파와 금강문에서 손꼽히던 그들로서도 칠마의 일좌인 두진양을 막을 순 없었다.

그러나 덕분에 단백승은 한차례 진기를 돌려서 들끓는 내부를 가다듬을 여유를 얻었다.

쉬익!

당장에라도 죽을 것 같던 그의 낙안검이 놀라운 속도로 튀어나왔다.

중첩사일(重疊射日)!

사일검법의 삼대절초 중 하나가 펼쳐졌다. 초인적인 속도의 검기를 연달아 쏟아냄으로써 두진양의 인후혈을 뻥 뚫어 버리려 했다.

아니다.

그럴 수 없었다.

단백승의 중첩사일보다 두진양이 더욱 빨랐다.

그의 신형이 일순 두 개로 나뉘더니, 번개가 무색할 빠르기로 단백승의 머리를 향해 무형의 장력을 날렸다. 앞서 두 명의 고수를 일격에 박살낸 바로 그 수법이었다.

'끝장이다!'

단백승이 몸을 떨면서도 눈을 부릅떴다.

피할 수 없는 죽음이라면, 대점창파의 제자답게 당당히 두 눈을 뜬 채 맞으려 했다.

그런데 막 그의 태양혈을 바숴 버릴 듯 다가들던 두진양의 하얀 손바닥이 갑자기 방향을 바꿨다. 이형환위(移形換位)의 절정신법 역시 다시 펼쳐 냈다.

이유는 단백승의 머리 위를 보면 안다. 막 야천의 짙은 어둠 속에서 튀어나온 듯 공중에 떠오른 엽자건 말이다.

쉬악!

엽자건의 패왕검이 천공의 벼락처럼 대기를 갈랐다.

역수검(逆手劍)!

길지도 짧지도 않은 패왕검을 제대로 사용했다. 정확하게 두진양의 천령혈을 찍어 들어간 거다.

좌악!

아쉽게도 조금 늦었다.

두진양은 간발의 차로 엽자건의 패왕검 일격을 피해냈다. 초절정에 이른 이형환위 덕분이다.

더불어 그는 반격까지 가해왔다. 단백승을 노렸던 음혼무형장을 아낌없이 엽자건에게 쏟아 부은 것이다.

상대를 알아서가 아니다.

본능적으로 그리했다. 초절정의 경지에 오른 고수의 무서운 점이었다.

빙글!

엽자건은 첫 번째 일격이 실패한 후 미련없이 신형을 뒤로 돌렸다. 애초부터 칠마에 속한 두진양을 이렇게 쉽사리 죽일 수 있으리라곤 기대도 하지 않았다.

대신 그는 공중제비와 함께 발목 부근을 손으로 훑었다. 비수를 끄집어내기 위함이었다. 곧이어 야천으로 유성처럼 비수가 쏘아져 갔다.

쉐쉐쉐쉐쉑!

비수의 목표는 두진양이 아니었다. 그에게 길을 내준 후 다시 전열을 재정비하고 있던 황천살검대의 백인장들이었다. 애초부터 그랬다.

"크악!"

"크아악!"

세 명의 백인장이 목숨을 잃었다. 잘 짜여진 톱니바퀴처럼 움직이던 황천살검대의 진세가 혼란에 빠져드는 순간이었다.

그리고 그와 동시였다.

엽자건이 날카로운 휘파람 소리와 함께 삼절마곤을 휘두르며 바닥을 굴렀다. 마곤의 끝이 흉포한 기운을 품은 채 두진양의 아랫도리를 쓸어갔다.

삐이이이익!

‘드디어!’

위천복이 눈을 빛냈다. 엽자건에게서 일제 공격의 명령이 하달되었기 때문이다.

그가 손을 들어 올렸다.

오늘 밤 수차례에 걸친 혈전을 모두 승리로 이끌며 사기가 하늘을 찌를 정도로 높아진 백림산장의 무사들이 얼른 호응했다. 기습전과 난전이 혼재된 이 같은 싸움에 있어선 가장 이상적인 상태라 아니 할 수 없겠다.

“백림산장의 이름으로 악도들을 친다!”

“백림산장의 이름으로!”

“백림산장의 이름으로!”

위천복이 사인검을 휘두르며 돌격하자 그 뒤를 무사들이 따랐다. 황천살검대 진세의 혼란이 더욱 가중되어졌음은 물론이었다. 애초에 엽자건이 짜놓은 계획대로.

“건방진!”

지당곤의 수법으로 하체를 쓸어온 삼절마곤을 피해 다시 신형을 뒤로 물린 두진양의 두 눈이 파랗게 타올랐다.

이제야 알아보겠다.

단백승을 죽이기 직전에 자신을 공격한 상대를.

더불어 과거의 더러운 기억 역시 되살아난다, 평생 가장 자부하던 걸 영원히 잃어버린 치욕의 날이.

스윽!

그때 자리를 박차고 신형을 일으켜 세운 엽자건이 단백승에게 한차례 시선을 던진 후 내심 고개를 가로저었다.

창백한 얼굴에 피투성이가 된 입가.

여전히 검을 들고는 있으나 이미 전력 외가 되어버렸다. 합공은 무리다.

'그렇다면 선공필승이다!'

엽자건이 패왕검을 허리춤에 꽂고 삼절마곤을 양손으로 들었다. 본격적인 싸움에 들어가려 한 거다.

두진양 역시 그리 생각했다.

아니다.

그렇지 않았다. 엽자건은 삼절마곤을 양손에 들자마자 부동무상을 펼쳤다.

두진양의 앞에서 신형을 감춰 버렸다.

그를 공격하기 위해서가 아니다. 오히려 엽자건은 배후로 움직였다. 어떻게든 전열을 가다듬으려 노력하던 몇 명의 백인장들을 다시 노린 것이다.

빡! 빠각!

다시 두 명의 백인장이 쓰러져 내렸다. 두진양과 함께하고 있던 백인장 중 태반이 목숨을 잃어버렸다. 이제 전열의 재정비는 완전히 물 건너가 버렸다고 볼 수 있다.

"죽일 놈!"

두진양이 분노성과 함께 뒤늦게 엽자건의 뒤를 쫓았다. 그가 자신을 앞에 두고 이런 말도 안 되는 짓을 벌일 줄 몰랐다. 그래서 반걸음쯤 늦어버렸다.

그러나 이 역시 엽자건의 계산 속엔 들어가 있었다.

배후로 밀려드는 압도적인 음혼무형장을 다시 부동무상으로 흘려보낸 엽자건의 신형이 빙그르르 회전을 보였다. 그와 함께 사각을 뚫고 불쑥 튀어나온 삼절마곤!

"헉!"

분노로 잠시 이성을 잃었던 두진양의 눈이 커졌다. 어둠과 사각의 절묘한 조화 속에 자신을 숨긴 삼절마곤이 이미 가슴을 뭉개기 직전이었기 때문이다.

아니다.

이미 삼절마곤은 그의 가슴에 닿아 있었다.

파아팡!

가슴이 뭉개지는 소리는 일지 않았다. 대신 커다란 가죽공이 튀어오르는 듯한 기음이 있었다. 근래 두진양의 무공을 크게 증진시킨 이혼채양미심귀공이 위기의 순간 발동한 것이다.

'망할!'

엽자건은 삼절마곤을 통해 노도처럼 밀려든 이혼채양미심귀공의 파격적인 진기에 내심 혀를 찼다. 곧바로 세수경에 의해 조화를 유지하고 있던 팔대진기가 방어력을 발휘했으나 내공의 고하는 여실히 느낄 수 있었다.

게다가 또 한 가지 좋지 않은 점이 있다.

치밀하게 계획해 놨던 회심의 일격!

열 뻗치게 한 후 방심의 허를 찌르기를 더는 사용치 못한다는 거다. 특히 자신보다 고수를 상대할 때는 더욱 그러했다. 이건 확실히 지켜야만 할 원칙이었다.

과연 삼절마곤을 호신강기로 튕겨낸 냉고성이 언제 대노했냐는 듯 안광을 차갑게 가라앉혔다.

분노?

더욱 깊어졌다. 다만 차갑게 타오르는 불길로 변했을 뿐이다.

전장에서 이런 경우를 만났을 때 엽자건은 언제나 도주를 선택하곤 했다. 그럴 수밖에 없다. 이기기 어렵고 자칫 치명적인 상처를 입을 수도 있는 까닭이다.

'하지만 이번엔 천운이 날 도와주는 것 같지?

엽자건은 도주 대신 삼절마곤을 일타일게의 방식으로 준비했다. 냉고성의 배후로 어느새 정신적인 충격을 극복한 단백승이 다가들고 있었다. 애초에 계획했던 대로 합공이 가능해진 거다. 단숨에 전세 역전이다.

꿈틀!

두진양의 눈꼬리가 주욱 찢어졌다.

그 역시 자신의 배후로 다가들고 있는 단백승의 송곳 같은 검기를 느끼고 있었다. 내상과 함께 정신줄을 놓았을 때 확실하게 제거했어야 했다. 다시 움직이게 되면 귀찮아질 것임을 애초부터 알고 있었기 때문이다.

'수긍키 어려우나 저 애송이 녀석의 무위는 이미 초절정의 경지를 넘볼 만하다. 게다가 임기응변은 상상을 초월할 정도. 그런 상황에서 저 만만찮은 점창파의 검객 녀석까지 상대해야 한다면… 꽤 어려운 싸움이 된다!'

부아앙!

그때 엽자건이 수중의 삼절마곤을 한차례 휘둘러 보인 후 도발해 왔다.

"설마 새외칠마쯤 되는 대인물이 도주를 생각하고 있는 건 아닐 테지요? 조금만 더 버티면 동료들이 우르르 몰려와 줄지도 모르니 한번 힘껏 버텨볼 만도 하지 않겠소?"

"……"

두진양의 눈매가 더욱 가늘어졌다. 어느새 그가 이끌고 온 황천살검대의 이 개 부대가 전멸했다. 도저히 믿을 수 없는 일이 벌어진 거다.

더불어 점차 좁혀들기 시작한 포위진!

자칫 이곳에서 뼈를 묻을 수도 있다는 생각이 그의 결단을 재촉했다.

스슥!

순간적으로 신형을 돌려세운 두진양이 궁신탄영(弓身彈影)을 이용해 포위진을 뚫어버렸다.

엽자건과 단백승이 거의 동시에 삼절마곤과 낙안검을 날려봤으나 별다른 타격을 입히지 못했다. 이미 그는 저만치 먼 곳을 향해 날아가고 있었다.

전과 동일하다. 이혼채양미심귀공의 강력한 호신강기가 철저하게 그의 몸을 방어하고 있었다.

"결국 놓쳤네……."

엽자건이 피바다가 된 전장의 중심에 선 채 눈살을 찌푸려 보였다.

아쉬움이 없을 리 없다.

하지만 조금쯤 속시원한 기분이기도 했다.

칠마와의 악연은 언젠간 반드시 풀어버려야 할 고리였다. 하지만 이런 식으로 풀고 싶진 않았다. 당당하게 정면으로 공격해서 끊어버려야 직성이 풀릴 듯했다.

'뭐, 나는 아직 젊으니까.'

엽자건이 마음을 돌이켰다.

전장이다. 이미 놓친 대어에 계속 마음을 쓰고 있을 순 없었다. 곧바로 다음번 전장을 상정해 싸움의 주도권을 계속 유지해야만 했다.

그런데 바로 그 순간, 그의 예상을 벗어난 일이 가장 안전한 곳에 자리 잡고 있던 역습조 쪽에서 발생했다.

　난전이 벌어지기 시작한 전장에선 흔히 있는 일!

　유시(流矢)가 역습조 쪽으로 날아들었다, 냉고성이란 이름의 악마와 함께.

第三十四章

승자패자(勝者敗者)

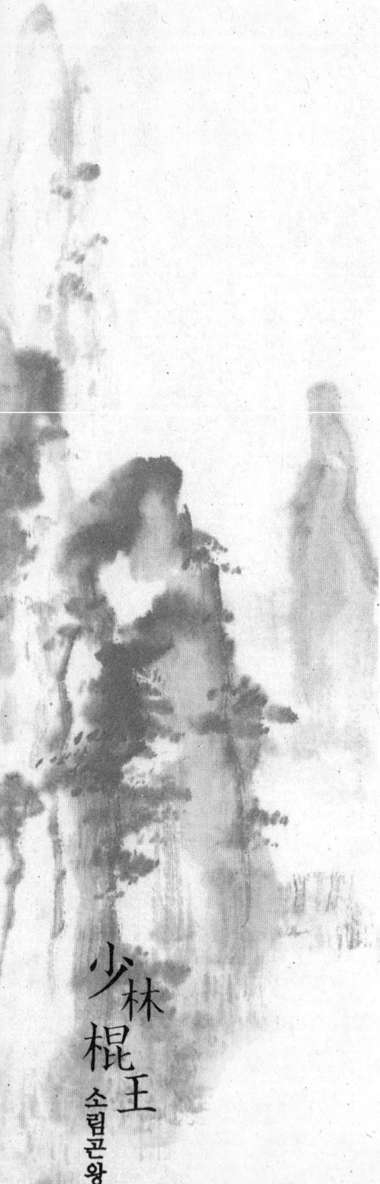
少林棍王
소림곤왕

‘휘파람 소리…….’

감요진은 대번에 엽자건의 휘파람이 뜻하는 바를 알아들었다. 그걸 기다리며 여태까지 찌질한 후기지수들 틈에 있었다.

그녀는 얼른 유백온과 남궁수에게 다가갔다.

"드디어 역습조가 움직일 때가 된 것 같소만?"

유백온이 먼저 반응을 보였다.

"감 소협, 역시 방금 전의 휘파람 소리는 엽 소협의 부름이었던 것이오?"

"그렇소."

“그럼 어찌 움직이면 되겠소?”

“내게 전권을 맡기시려는 거요?”

“나는 평범한 무인이오. 이런 난전을 경험해 본 바가 없으니, 어찌 지휘를 맡을 수 있겠소?”

‘자신을 안다! 이 녀석, 생각 이상으로 괜찮은 인재로구나!’

내심 유백온을 다시 보게 된 감요진이 시선을 남궁수에게 던졌다. 그녀의 의중을 묻는 것이다.

남궁수가 말했다.

“내 무(武)를 펼칠 수 있게만 해주면 됩니다. 이미 청류하의 울음을 외면한 지 지나칠 정도로 오래되었으니까요.”

“좋습니다.”

한차례 고개를 끄덕여 보인 감요진이 눈에 강한 기운을 담은 채 표정을 일신했다. 뒤이어 흘러나온 목소리에는 이미 위엄이 가득하다.

“이제부터 역습조의 지휘권은 내게 귀속되었습니다. 그러니 유 소협과 남궁 여협은 지금부터 호법이 되어 명령에 따르지 않는 자들을 일벌백계하도록 하시오.”

“삼가 유백온이 명을 받들겠소이다!”

“남궁수가 명을 받들겠어요!”

유백온과 남궁수가 얼른 대답한 후 후기지수들을 불러 모았다. 인원을 통솔한 후 곧바로 숨어 있던 장소에서 출발할 심산이었다.

그런데 갑자기 주변에 산개해 경계를 서고 있던 후기지수들 사이에서 격한 비명이 터져 나왔다.

"으아악!"

"꺄아악!"

감요진이 눈살을 찌푸렸다. 일이 잘못되었음을 눈치챈 까닭이다.

'역습조는 백림산장에서 가장 가까운 장소에 숨어 있었다. 단백승 일행과 자건 일행이 날뛰고 있는 상황에서 가장 안전한 곳에 있었다고 할 수 있을 터. 급습을 당했다는 건 최악의 상황을 상정하지 않을 수 없다.'

미리 엽자건이 상정한 최악의 상황이란 바로 새외칠마나 그 정도 급의 고수를 만났음을 의미한다. 무력으로만 따져도 감요진은 물론이거니와 함께 있는 후기지수들을 몽땅 합쳐도 상대가 되지 않을 터였다.

그렇다 해도 눈 뜨고 당할 순 없다.

이곳의 책임자는 현재 감요진 본인이었다.

"모두 원진! 사행진(蛇行陣)을 풀고 원진을 펼친 후 주변 동료들을 파악하도록!"

유백온이 얼른 감요진의 말을 받았다. 내력을 잔뜩 돋워서 소리친다.

"모두 원진! 사행진을 풀고 원진을 펼친 후 주변 동료들을 파악하도록!"

"……."

그 순간 남궁수는 대답 대신 비명이 터진 장소로 이미 움직이고 있었다.

여인의 비명이 마음에 걸린다.

스스슥!

어느새 손에는 청류하가 들려져 있고, 발걸음은 신법과 함께 난풍회류각의 변화를 동시에 보인다. 어떤 상황이 벌어져도 곧바로 반응할 수 있게 자신의 몸을 최적화시킨 거다.

감요진이 눈을 빛냈다.

'백의검후 남궁수, 이미 무공이 후기지수 급을 월등히 뛰어넘었다지? 어디 얼마나 능력이 있는가 보자!'

그때 다시 몇 번의 비명이 터져 나왔고, 남궁수가 곧바로 청류하와 한몸이 되었다.

검신합일!

평상시의 남궁수라면 결코 하지 않는 일이다.

그녀의 창룡육격참은 상대를 자신의 영역 안으로 끌어들였을 때 최상의 위력을 발휘한다. 이렇게 선공을 취할 경우엔 최초 일격의 위력이 크게 반감된다.

그러나 이번에 비명을 터뜨린 사람은 다름 아닌 우신애였다. 평상시와 전혀 달랐다. 비무가 아니라 실전이니만치 더욱 그러했다.

쉬아악!

단숨에 공간을 가로지른 남궁수의 청류하가 현란한 검광을 뿌려냈고, 재빨리 교차한 발끝은 삽시간에 광풍을 만들어 냈다. 그렇게 함으로써 기습을 당하는 걸 방비해 냈다.

불필요한 행동이었다.

남궁수가 한 점 화편처럼 바닥에 떨어져 내리는 동안 주변은 고요, 그 자체였다.

어떠한 공격이나 기습도 없었다.

다만 비명의 당사자인 우신애는 검을 든 채 몸을 바들바들 떨고 있었다.

얼굴 역시 공포로 새파랗게 질려 있다. 어둠 속에서 갑자기 모습을 드러낸 시커먼 얼굴의 사내에게 함께 있던 우일비가 끌려가 버린 까닭이다.

남궁수가 말했다.

"신애야, 어느 쪽이야?"

"어… 어……."

우신애가 바들바들 떨리는 손가락으로 어둠 속을 가리켰다. 후기지수들 중 손꼽히는 무위를 지닌 그녀이나 정신적인 충격이 극심하여 말조차 제대로 하지 못한다.

남궁수는 달랐다.

그녀는 어느새 어둠 속을 눈으로 살핀 후 우신애의 앞을 가로막아 섰다. 청류하로 검망을 일으켜서 자신과 우신애를 동시에 보호한 채였다.

더불어 극한까지 활성화시킨 기의 감각!

단숨에 사방 십수 장까지를 살펴간다. 암습자가 아니라 우일비에게 감각을 집중시켰음은 물론이었다. 그의 생사 여부에 따라 암습자의 위치까지도 대충 짐작해 낼 수 있었기 때문이다.

'…저쪽이다!'

남궁수의 극도로 예민해진 감각이 미약한 호흡을 잡아냈다. 입이나 코가 아니라 숨구멍에서 흘러나오는 기운을 찾아낸 거였다.

스스슥!

남궁수의 신형이 일순 몇 개의 분신을 만들어냈다.

삼영난풍(三影亂風)!

세 개의 그림자를 만들어낼 정도로 빠르다는 창룡검가 비전의 신법 최절초이다. 목숨이 위험한 순간에만 사용하게 되어 있는 비전이나 아낌없이 사용했다.

수중의 청류하 역시 마찬가지다.

사사쟁천!

창룡육격잠의 절초를 쏟아낸다.

그러자 세 개의 그림자를 호위하듯 일어난 네 개의 검기 사이로 다시 예의 검은 얼굴의 사내가 튀어나왔다. 내심 후기지수들을 우습게 여기고 있다가 남궁수에게 꼬리를 밟힌 거다.

그러나 거기까지뿐이었다.

그의 역시 새까만 수장이 활짝 펼쳐지더니, 곧 무지막지한 묵강이 쏟아져 나왔다.

만겁청절환락신공을 기반으로 한 만겁묵룡장!

'더러운 계집년! 죽어라!'

단숨에 사사쟁천의 검기를 뭉개 버린 부탄의 묵강이 광포하게 남궁수의 꽃처럼 연약한 몸매를 쓸어버렸다. 아예 박살을 내버리듯 짓쳐들어 갔다.

"악!"

우신애가 다시 비명을 터뜨렸다. 혈육인 우일비가 끌려들어 갔을 때보다 더욱 큰 충격을 당한 듯하다.

바들! 바들!

그래도 몸만 떨고 있다. 수중의 검을 떨구지 않은 것만 해도 다행스러울 지경이다.

그 순간 천공으로 하얀 그림자가 숫구쳐 올랐다.

만겁묵룡장의 직격을 간발의 차로 피한 남궁수였다. 여전히 손에는 청류하가 강력한 검기를 만들어내고 있었다, 토룡광망의 변화를 함유하고서.

더불어 공중에서 현란한 변화를 보인 발끝!

토룡광망의 검기로 자신을 보호한 남궁수의 발이 난풍회류각으로 부탄의 머리를 직격해 갔다. 순간적으로 공수가 바뀌어 버린 것이다.

그러나 부탄은 포달랍궁에서도 손꼽히는 고수다. 실전 역시 무수히 많이 치른 바 있었다. 느닷없는 반격에 다소 놀랐으나 곧 기민하게 대응했다.

빙글!

부탄이 그 자리에서 신형을 한차례 회전시켰다.

그렇게 함으로써 머리와 상반신 전체를 노린 난풍회류각의 각영을 모조리 피해냈다.

더불어 아래에서 위로 치켜올라 간 일 장!

만겁묵룡장의 절초 중 하나인 묵룡천폭이 벼락같은 빠르기로 남궁수의 하반신을 가격해 갔다. 삼류의 음적들이나 하는 공격을 서슴지 않은 것이다.

우릉!

공중에 뜬 상태였다.

남궁수가 어쩔 수 없이 검초를 붕산뇌정으로 바꿨다. 그리하지 않고선 묵룡천폭을 감당해 낼 수 없었기 때문이다.

쩌정!

검과 장이 부딪쳤다. 그런데 일어난 소리는 쇠와 쇠가 맞부딪쳤을 때나 나는 굉음이다.

파라라라락!

남궁수의 신형이 뒤로 몇 장이나 날아갔다. 얼떨결에 펼쳐낸 붕산뇌정으론 부탄이 작심하고 날린 묵룡천폭을 감당해 낼 수 없었다.

그건 처음부터 알고 있던 일이었다.

남궁수가 선택한 건 격돌의 순간, 몸의 기운을 완전히 뺀 채 묵룡천폭의 기운을 받아들이는 거였다. 그렇게 함으로써 신형을 부탄으로부터 빼낼 수 있었다.

다만, 그녀가 예상치 못했던 게 있다.

부탄의 내공이 무척 고강할뿐더러 집요한 성격을 지니고 있다는 점이었다.

'도망을 치겠다고? 어림없다! 요 여우 같은 년!'

내심 욕설을 내뱉은 부탄이 궁신탄영에 버금가는 속도로 남궁수를 향해 쏘아져 갔다. 애초의 계획과 달리 어떻게든 남궁수를 죽여 버려야겠다는 마음을 먹은 거다. 자신이 절대로 가질 수 없는 절대적인 미를 지닌 그녀에게 질투를 뛰어넘는 분노를 느낀 까닭이었다.

쉬아아아악!

일순 남궁수가 만들어낸 검신합일에 버금갈 정도의 광채와 함께 부탄을 향해 날카로운 검기가 파고들어 왔다. 뒤늦게 진의 중심에서 빠져나온 유백온의 송문검(松文劍)이 위위구조의 수법으로 남궁수를 구하려 한 거다.

그의 성명절학인 양의건곤검!

송문검의 검기가 번개가 무색할 속도로 두 개로 나뉘어 부탄을 휘감았다.

유백온 평생에 없던 기습이다.

부탄이 전혀 속도를 늦추지 않은 채 만겁묵룡장을 쏟아내려다 인상을 긁어 보였다.

'제법… 생겼잖아!'

엽자건에 버금가는 미남이 유백온이다. 그것도 한입에 털어넣으면 분명 목에 걸릴 듯한 독기가 있는 엽자건과는 달리 야들야들해 보인다. 전적으로 부탄의 관점에서이지만.

사사삭!

부탄이 결국 남궁수를 포기했다. 새롭게 등장한 미남자인 유백온에 대한 관심이 남궁수에 대한 미움을 압도한 까닭이었다.

그러니 계속 살기 짙은 만겁묵룡장만을 고집할 순 없다.

그가 장을 조로 바꿨다.

강력한 조공으로 유백온의 양의건곤검을 튕겨낸 후 금나의 수법으로 그를 낚아채려 했다. 우일비를 빼돌렸을 때와 똑같은 방식을 취한 것이다.

간과한 사실이 있었다.

유백온은 우일비와는 비교가 되지 않는 고수였다. 더불어 무당파 무공의 총화라 할 수 있는 이일대로(以逸待勞)와 이정제동(以靜制動)의 묘리를 뼛속 깊숙이까지 연마하고 있기도 했다.

흔들!

유백온은 자신의 양의건곤검을 튕겨내고 파고든 부탄의 금나수를 면장의 끈적한 공력으로 흘려내곤 하체에 힘을 가했다. 부탄의 다시 이어진 공격을 무당파 무공의 면면부절한 검기를 이용해 방어해 내기 위함이었다.

일초의 교합으로 눈치챘다.

절대 자신의 양의건곤검으로 부탄의 상대가 되지 않는다는 것을.

'결국 이토록 이목이 많은 상황에서 태극혜검을 사용할 수밖에 없는 건가!'

유백온이 고뇌로 검미를 일그러뜨렸을 때였다.

짧은 시간 만에 자신을 수습한 남궁수와 어느새 달려온 당소교가 양손 가득 암기를 든 채 다가들었다. 그녀들 역시 부탄의 무공이 상상을 초월함을 깨닫고 합공에 나선 것이다.

일 대 삼!

더군다나 역습조에 모여 있던 후기지수들 중 최강이라 할 만한 삼 인이 모였다. 비록 부탄이 포달랍궁에서 손꼽히는 고수이긴 하나 쉽사리 승부를 자신하긴 어려울 수밖에 없다. 누구라도 그리 생각할 터였다.

그런데 갑자기 자신을 향해 다가드는 삼 인을 살피던 부탄의 입에서 격렬한 대소가 터져 나왔다.

"크하하하핫!"

'이건… 뭔가 잘못되었다!'

감요진이 내심 중얼거렸다.

현재 역습조는 사행진을 완벽하게 원진의 형태로 전환시키지 못한 상황이었다. 느닷없이 진의 중심인 유백온이 부탄을 향해 신형을 날린 게 주요한 원인이었다.

하물며 다시 당소교가 진에서 이탈했다.

부탄의 느닷없는 대소와 함께 불길한 예상이 감요진의 머릿속을 스쳐 간 것과 동시였다.

"아아악!"

끔찍한 비명과 함께 역습조의 한켠에서 피의 폭풍우가 일어났다.

은은한 달빛!

그 사이로 섬뜩한 독아를 드러낸 만리지도에 진세가 완전히 절단났다. 단숨에 중심에 있던 감요진까지의 혈로(血路)가 만들어졌음은 물론이었다.

'잔혹마군 냉고성!'

감요진은 불안감의 정체를 확인한 후 눈꼬리를 치켜올렸다. 부탄과 냉고성의 양동작전(陽動作戰)에 완전히 걸려들었다는 판단이었다.

퍽! 퍽! 퍽! 퍽! 퍽…….

그사이 냉고성은 자신이 만든 혈로를 확고히 하며 번개같이 감요진을 향해 파고들었다. 그의 만리지도에 걸려든 자들이 하나도 빠짐없이 피바다 속에 무너져 내리고 있었다.

　그런데 막 그가 감요진의 앞에 도착했을 때였다. 아니다. 그보다 반 호흡 정도 전이라 함이 옳다.

　냉고성의 움직임이 멈칫거렸다.

　거침없이 주변을 아수라장으로 만들던 만리지도 역시 처음으로 만만치 않은 저항을 만났다.

　예상 밖의 장애물!

　그건 다름 아닌 사각도를 든 북궁예연과 성대경, 성인경 형제였다.

　육우 중 세 명.

　그들이 한데 힘을 합치자 상당한 전력이 되었다. 적어도 여태까지 냉고성이 쓸어버린 허접한 후기지수들과는 비교가 되지 않는 명문의 제자들인 까닭이다.

　하지만 그래 봤자 냉고성의 눈에는 똑같은 애송이였다. 부탄이 맡은 세 명과는 질적으로 상당한 차이가 있었다. 실제 싸움에선 더욱 그러했다.

　'흐! 내 심살기를 견뎌낸 건 칭찬받을 만하다만, 스스로 지옥문을 열고 들어섰구나!'

　냉소와 함께 냉고성이 심살기를 북궁예연에게 집중시켰다.

　"악!"

　북궁예연의 입에서 비명이 터져 나왔다. 그러자 찰나적으로 성대경과 성인경의 눈빛이 흔들렸다.

차륵!

그 짧은 순간을 놓치지 않고 냉고성의 만리지도가 성대경과 성인경을 동시에 공격했다.

"크헉!"

"크악!"

성대경이 오른팔에 깊은 상처를 입은 채 물러섰고, 성인경은 다리를 베였다. 동맥이 잘렸는지 피가 펑펑 쏟아진다. 단일 초 만에 벌어진 일이었다.

그러나 냉고성은 그들에게 더 이상 손을 쓰지 않았다. 감요진이 이미 도주하고 있었다. 진세가 완전히 무너진 걸 보고 더 이상 가망이 없다고 여겼음이 분명하다.

아니다.

그렇지 않았다.

감요진은 냉고성과 부탄의 최종 목표가 자신임을 알고 있었다. 결국 엽자건이 부탁한 후기지수들이 더 이상 희생당하지 않게 하기 위해 진을 떠나기로 한 것이다.

스스슥!

냉고성이 일순 붉은 그림자로 화했다. 어떻게 찾은 감요진인데 다시 놓치겠는가!

그런데 막 그가 감요진을 따라잡았을 때였다.

쉐엑! 쉐쉐쉐쉐쉐쉐쉐쉑!

느닷없이 야천을 가득 메운 강전!

마치 기다리고라도 있었던 것처럼 냉고성을 향해 떨어져
내린다.
"이런 개 같은……."
냉고성이 첫 번째 강전을 막아낸 후 욕설과 함께 만리지도
를 사방으로 종횡시키기 시작했다.
만리지도를 쥔 손끝이 떨려온다.
예상을 월등히 뛰어넘는 강전의 위력이 그를 긴장시켰다. 감
요진을 다시 뒤쫓는 건 고사하고 살기 위해 전력을 다해야 할
판이었다. 그렇게 해도 목숨을 자신할 수 없었다. 우박처럼 쏟
아져 내리는 강전들이 지닌 위력이 첫 번째와 같다면 말이다.

'…과연 칠마란 건가!
엽자건은 수중의 단궁을 내려놓으며 내심 눈을 빛냈다. 냉
고성을 향해 쏜 첫 화살의 주인은 바로 그였다.
그의 배후.
어느새 완전한 추종자가 된 위천복과 무사들이 역시 단궁
을 내려놓으며 기대에 찬 눈빛을 던졌다. 여태까지처럼 절묘
한 명령과 무위로 자신들을 인도해 주길 바라고 있는 것이다.
그러나 그때 이미 엽자건은 신형을 날리고 있었다.
첫 번째 한 발만 진짜였다.
그 후에 냉고성을 향해 쏟아진 화살들은 거냥조차 제대로
되지 않은 것들이었다. 냉고성 정도 되는 고수의 발걸음을 잡

아두기엔 턱없이 부족한 위력이라는 뜻이다.

그럴 수밖에 없다.

전장에서 배운 엽자건의 궁술을 어찌 평범한 백림산장의 무사들이 단숨에 따라잡을 수 있겠는가!

스스스스슥!

엽자건은 부풍무영에 궁신탄영의 묘리를 섞었다. 그렇게 함으로써 어떻게든 냉고성에게 더욱 빨리 다가가려 했다. 감요진과 함께라면 반드시 그를 제압할 수 있다는 확신이 있었기 때문이다.

감요진의 생각 역시 비슷했다.

그녀는 냉고성이 화살세례 때문에 발걸음을 멈춘 순간 엽자건이 도착했음을 직감했다. 이곳 백림산에서 새외칠마의 일좌인 냉고성에게 화살세례를 먹일 수 있는 자는 그뿐이란 확신이 있었다.

그때 엽자건이 그녀 앞에 떨어져 내렸다. 어깨를 나란히 하고 섰다.

"다치진 않았고?"

"마음을 좀 다친 것 같아."

"나중에 내가 '호' 해주면 되나?"

"그러기만 해!"

감요진이 눈꼬리를 치켜올리면서도 입가에 부드러운 미소를 담았다.

엽자건의 농담은 눈앞에 무림에서 손꼽히는 대마두를 앞에 두고서도 거침이 없다. 가슴 한켠이 든든해져 오지 않는다면 그건 거짓말일 터였다. 분명히.

'저 연놈들이!'

냉고성의 눈에서 질투의 불기운이 치솟아올랐다. 그는 여태까지 줄곧 감요진을 중간에 빼돌릴 생각만 하고 있었다. 그런 후 황천기주의 눈을 피해서 심산유곡(深山幽谷)으로 은거할 셈이었던 거다.

그만의 생각이었다.

현실은 지나칠 정도로 냉정했다. 감요진은 자신을 피해 도망치다가 엽자건과 함께 합공을 할 태세였다. 여태까지 그녀에게 품었던 연모의 감정이 차갑게 식어버리지 않을 수 없다.

촤라락!

냉고성의 만리지도가 폭풍을 만난 것처럼 파랑을 일으켰다.

무형의 도기!

심살기 역시 극한까지 일어나 주변의 대기를 미친 듯 진저리치게 만든다.

그때 엽자건이 고개를 가로저었다.

"잔혹마군! 도주할 기회는 지금뿐이오!"

"도주? 애송이 놈이 미쳤구나! 감히 누구한테 그런 소리를 하고 있는지 알고 있는 것이냐?"

"그게 싫으면 애송이들한테 포위당해서 살점이 하나하나

발라지던가.”

“…….”

냉고성이 그제야 주변의 바뀐 상황을 인식하고 안색을 딱딱하게 굳혔다. 믿었던 부탄은 고작 십수 명밖엔 안 되는 후기지수들의 합공을 제압하지 못했고, 저 멀리서 위천복이 이끄는 무사들이 잔뜩 몰려왔다. 엽자건이 한 말은 결코 허장성세만은 아니었다.

‘망할!’

냉고성은 계산이 빠르다. 행동력 역시 있었다.

힐끔!

한차례 남장을 하고도 절세의 용모를 절반도 감추지 못한 감요진에게 열기 어린 시선을 던진 그의 신형이 순간 어둠 속으로 솟아올랐다. 엽자건의 말에 반박한 게 부끄러울 정도로 빠른 도주였다.

“삐이이익!”

냉고성이 도주하며 발한 휘파람 소리에 부탄이 눈살을 찌푸렸다.

미리 약속한 퇴각의 신호다.

하지만 그는 여전히 한 떼의 후기지수들에게 에워싸여 있었다. 그중 두어 명은 꽤나 성가신 무위를 지니고 있었다. 탈출도 그리 쉬운 일은 아니었다.

'흥! 잔혹마군도 다됐군. 칠마 중 가장 냉철하고 머리가 좋다고 알려진 자라 행동을 함께했는데, 이런 식으로 내 뒤통수를 때리다니!'

내심 욕설을 터뜨린 부탄이 갑자기 신형을 크게 휘청거렸다. 방금 전에 옆구리를 노리며 날아든 유백온의 검기에 짐짓 당한 척 연기를 한 것이다.

과연 유백온이 걸려들었다.

스파파파팟!

그의 검에서 줄기줄기 검기가 치솟아올랐다. 양의건곤검의 절초를 연달아 펼쳐서 부탄을 확실히 제압하려 했다.

그때였다.

당장에라도 검기에 십칠 등분 당할 것 같던 부탄의 신형이 유백온의 앞에서 분신을 일으켰다. 그의 양의건곤검을 피해냈을뿐더러, 삽시간에 간격을 확 줄여 버렸다.

그리고 순간적으로 늘어난 양팔!

포달랍궁이 자랑하는 팔비탈골수가 유백온의 완맥을 사정없이 후려쳤다. 그의 검을 떨구게 만들었다. 완혈을 때렸다. 마혈 역시 점혈해 버렸다.

"백온 대가!"

당소교가 놀람에 찬 비명을 터뜨렸다. 양손에는 이미 치명적인 극독이 함유된 세 개의 암기가 들려져 있다. 당장에라도 공간을 가로질러 부탄을 절명시킬 자신이 있다.

하지만 그녀는 아무것도 할 수 없었다. 유백온을 완벽하게 제압한 부탄이 악마처럼 미소 지으며 그를 방패로 삼고 있었기 때문이다.

그때 유백온의 공격에 맞춰 뒤로 신형을 물렸던 남궁수가 환상과도 같은 잔영을 뿌리며 부탄에게 다가들었다. 수중의 청류하 역시 강력한 검기를 뿌리고 있었다.

사사쟁천!

네 개의 검기가 유백온을 교묘할 정도로 비껴서 부탄을 공격했다. 유백온의 완맥을 쥐고 있던 손을 찌르고, 목의 경동맥을 가르고, 다리에 깊은 상처를 남기려 했다.

'이 더러운 계집년이!'

부탄이 증오에 찬 표정을 한 채 예의 그 현란한 신법을 펼쳐 냈다. 여전히 유백온을 포기하지 않은 채 사사쟁천의 기습적인 공격을 피해낸 것이다.

아니다. 그렇지 못했다.

쉐엑!

순간 마치 그의 그 같은 움직임을 예측이라도 했던 것처럼 놀라운 위력이 담긴 강전이 날아들었다.

"크악!"

남궁수와 유백온에 정신이 팔려 있던 부탄이 어깨를 부여잡고 비명을 터뜨렸다.

고통으로 검은 얼굴이 크게 일그러져 버렸다.

그리고 그 순간을 놓치지 않고 그를 향해 날아든 두 개의
암기와 검기!

잠시 아쉬운 시선을 유백온에게 던진 부탄이 다시 예의 신
법을 펼쳐 신형을 뒤로 빼냈다. 방금 전까지 비웃고 있던 냉
고성과 마찬가지로 뒤도 돌아보지 않고 전력으로 도주하기
시작한 것이다.

"쌍룡불인이라더니, 도망은 잘 치는군."

수중의 단궁을 내려놓으며 차갑게 중얼거리는 엽자건을
감요진이 물끄러미 바라봤다. 별빛이 무색할 정도로 매혹적
인 눈빛 속에 의혹이 담겨져 있다.

"어째서 잔혹마군을 그냥 놔준 거지?"

"그냥 놔준 거 아냐."

"그럼?"

"후일을 기약한 거야. 언제가 됐든 반드시 내 손으로 죽일
거니까."

"뭐?"

"새외칠마는 모두 내 손으로 죽일 거야, 다른 사람들의 손
을 빌리지 않고."

"그럼 이런 일은 어째서 벌인 건데?"

"추격대의 숫자를 줄여놔야 할 거 아냐. 본래 아무리 강해
도 열 손이 덤비는 데는 못 당하는 법이니까."

"……."

감요진은 내심 의혹을 느꼈으나 일단 침묵하기로 했다. 엽자건의 눈 속에는 평소와는 다른 강한 의지가 깃들어 있었기 때문이다.

*　　　*　　　*

정오.

초저녁 백림산장을 향해 기습전을 벌이기 위해 출발했던 황천살검대는 극히 초라한 꼴이 되어 모였다.

삼백 명이 넘던 대인원 중 살아 돌아온 건 고작 십수 명뿐.

그나마 몸이 성한 자를 찾아보기 힘들다.

뿐만 아니라 그들을 이끌던 삼 인의 고수 중 두진양은 상당한 내상을 당한 상태였고, 부탄은 어깨를 크게 다쳤다. 온전히 전력을 유지한 사람은 냉고성뿐이었다.

대패다.

입이 열 개가 있어도 변명조차 할 수 없는 상황이었다.

냉고성이 다소 짜증스런 표정으로 두진양을 바라봤다. 그가 갑자기 주전력과 함께 무너지지만 않았어도 감요진을 앞에 두고 도망치는 굴욕을 당하진 않았을 터였다.

"매복이라도 당한 건가?"

"당했지. 하지만 그보단 엽자건이란 애송이의 무공이 예상보다 대단했다."

"설마 그 애송이한테 당한 건가?"

"싸움에 능숙한 놈이었다, 특히 이런 야전에. 하지만 더욱 대단한 점은 기괴한 내공이었다."

"소림사의 중놈들과는 이미 여러 번 싸워봤잖아?"

"일반적인 소림사 중놈들과는 달랐다. 그 빌어먹을 곤에 얻어맞은 후 맨처음엔 잘 몰랐는데, 나중에 기혈이 역류해서 내상까지 입게 되었다."

"……."

냉고성은 내심 놀랐다.

비록 감요진의 선택을 받은 엽자건에 대한 질투심으로 가슴이 들끓고 있었으나 두진양의 말을 듣고 머리가 차가워졌다. 자부심이 높은 두진양이 다른 사람을 칭찬하는 일은 극히 드문 일임을 알고 있었기 때문이다.

'천재에 기연까지 얻었다는 뜻이군. 그 애송이 놈! 다음에 만나면 반드시 죽여 버린다!'

질투가 아니었다. 위기감의 발로였다.

냉고성이 그 같은 생각에 빠져 있는 사이 홀로 운기조식을 마친 두진양이 한탄 섞인 목소리로 말했다.

"제기랄, 이젠 천상 서장까지 갈 수밖에 없겠구나. 감요진, 그 빌어먹을 계집을 포기할 순 없으니까."

"사천 무림대회 때를 노린다."

"그건 무리다. 정파의 고수란 고수들은 몽땅 집결할 텐데, 그 속에서 어떻게 손을 쓸 수 있단 거냐?"

"그러니 손을 쓸 수 있다는 거다."

"어떻게?"

"감요진은 대법대불왕의 제자니까 결코 사천에서 오랫동안 머물 수 없지 않겠느냐?"

"아하!"

두진양이 감탄성을 터뜨리다 인상을 다시 찌푸려 보였다. 급하게 운기조식으로 다스린 기혈이 다시 들끓어올랐다. 아무래도 내상이 그리 쉽게 낫진 않을 성싶다.

*　　　*　　　*

거진 절반 이상 전소된 백림산장!

주변의 모습은 더욱 살풍경해서 간밤의 격전이 어느 정도 였는지를 알게 해준다.

남궁수는 후기지수들에게서 떨어져 나와 간밤의 전장을 살피며 싸움의 복기를 하던 중 문득 걸음을 멈췄다.

'이런 싸움… 삼 년간의 비무행 때도 해본 적이 없었다. 그런데 엽 소협은 어떻게 그런 싸움을 할 수 있었던 걸까?

여태까지 특이한 심장의 뛰놀음 때문에 간과했던 엽자건의 진면목을 보게 되었다.

오로지 자신의 무(武)에만 삶의 존재 의의를 두고 있던 그
녀로선 의문이 들지 않을 수 없다. 지금까지 단 한 번도 그 같
은 싸움을 본 적이 없었기 때문이다.

하지만 그녀는 곧 고개를 가로저었다.

마음 한구석, 당장 엽자건에게 달려가고 싶다. 그래서 간밤
의 싸움에 대한 세세한 부분을 하나도 빼놓지 않고 물어보고
싶었다. 아주 강렬한 유혹이었다.

그래선 안 된다고 생각했다.

자신의 무는 스스로 찾아야만 한다. 남의 싸움이 아무리 매
력적이라 해도 참고 삼아선 안 되었다. 애초부터 그리 마음먹
고 있었다.

남궁수가 다시 전장을 걷기 시작했다.

이 싸움만큼은 하나도 빼놓지 않고 눈에 담아서 자신의 것
으로 만든다. 그래서 다시는 남의 싸움에 매혹당하지 않으리
라 마음먹었다.

남궁수와 조금 다른 이유로 고뇌에 빠져 있는 한 남자가 있
었다. 간밤 끝내 태극혜검을 사용해 보지도 못하고 부탄에게
제압당했던 유백온이었다.

'이게 진짜 강호의 싸움이란 건가? 나는 한 번도 이 같은
싸움을 경험해 본 바가 없었다. 아니, 그걸 떠나서 비겁했다.
형제와 동료들이 사경을 헤매고 있는데도 오로지 사문의 비

전을 드러내지 않을 생각만 했었으니까.'

그를 괴롭히는 게 과연 그것뿐인 걸까?

유백온은 남궁수의 한결 놀라워진 무위에 내심 크게 놀랐다. 그동안의 잠심연무에도 불구하고 그녀와의 무공 격차는 오히려 늘어났을 뿐 줄어들지 않았다는 생각까지 들었다.

마음속 한구석에 담아두고 있는 사람인 남궁수 앞에서 부탄에게 당한 치욕 역시 마음을 무겁게 한다. 전력을 다해보지도 못했기에 더욱 그러했다.

또 하나 마음에 걸리는 게 있다.

잠깐 본 것만으로도 자신으로선 상상조차 못할 경이적인 싸움을 보여준 엽자건이란 존재다.

소림사의 평범한 속가제자?

절대 아니라고 본다. 직접 눈으로 본 것만으로도 그의 무위는 상상을 초월할 정도였다. 일반적인 속가제자라 인정할 수 없었다. 현재로선 비무가 아닌 진짜 싸움에서 그를 이길 자신이 반 푼만큼도 들지 않을 정도였다.

그때 괴로워하고 있는 유백온의 배후로 당소교가 조용히 다가들었다.

순결한 얼굴에 음영이 깃들어 있다.

총명한 그녀는 유백온의 속내를 대번에 눈치챘다. 그를 사랑하는 마음과 동시에 남궁수와 엽자건에 대한 증오심이 북받쳐 오르지 않을 수 없었다.

‘이번 사천 무림대회에서 백온 대가가 천룡위를 차지하기 위해선 반드시 그 연놈들을 없애 버려야만 해! 어떤 수단과 방법을 동원해서라도!’

삐뚤어진 애정이 이 순간 또다시 선을 넘게 되었다. 어느 누구도 아닌 자기 자신의 선택에 의해서.

유백온이 뒤늦게 인기척을 깨닫고 신형을 돌렸다. 그러자 당소교가 특유의 맑고 부드러운 표정을 얼굴 가득 만들어 보인다. 미소는 덤이다.

“백온 대가, 약식 장례를 위해 모두들 모였으니, 이만 가시지요.”

“벌써 시간이 그리되었나?”

“예. 그런데 아수 언니와 엽 소협은 아무리 찾아봐도 보이질 않네요.”

“두 사람 모두?”

“예, 참 이상한 일이죠?”

“……”

일순 유백온의 인상이 굳어졌다. 그러나 곧 한숨과 함께 당소교를 바라본다. 두 사람의 관계를 질투하는 것조차 지금의 자신에겐 사치스런 감정이란 생각이 든다.

“형제들과 동도들의 장례식에 늦을 순 없지. 교 소매는 나와 함께 가도록 하자.”

“그럼 두 사람은 어떻게 하고요?”

"그들에겐 따로 할 일이 있는 게 아니겠느냐? 네가 이미 그
들을 찾은 지 오래되었으니, 더 이상 시간을 보낼 일은 아닐
것이다."

"그럼 백온 대가를 따르도록 하겠어요."

"그래."

유백온이 무겁게 고개를 끄덕여 보이곤 백림산장을 향해 걸
어갔다. 그 뒤를 당소교가 반 걸음도 뒤처지지 않은 채 따랐다.

엽자건은 홀로 백림산장을 떠나 주변을 세세히 살피고 있
었다.

남궁수처럼 간밤 싸움의 복기라도 할 셈인가?

그보다 한발 더 나아간 행동이었다.

그는 간밤 거의 몰살에 가까운 피해를 입은 후 퇴각한 황천
살검대의 동선을 파악하고 있었다.

기습과 퇴각 시의 움직임.

전장에서 가장 중요하게 파악해 놔야 할 일이다.

언제 다시 동일한 적과 만나서 싸우게 될지 누구도 알 수
없었기 때문이다.

하물며 상대는 후금 최강이라 할 수 있는 황천기주 휘하의
특수 부대인 황천살검대였다. 대마두인 새외칠마 중 둘이 포
함되어 있지 않더라도 다음번 싸움에선 승부가 어찌 날지 모
를 만한 강적이라 할 수 있었다.

'운이 좋았군. 어젯밤 공격해 온 새외칠마 중 한 명은 병법에 대해 거의 모르는 자였던 것 같으니까. 그렇다는 건 다음 싸움에서도 한 놈만 조심하면 된다는 뜻인데…….'

엽자건이 싱긋 웃었다.

전장이 아닌 무림에서의 싸움은 그에겐 조금 싱겁다.

천군만마가 숱한 죽음을 양산하며 뒤엉켜 쟁패하는 전장과 기껏해야 수백 명이서 예의 지켜가며 싸우는 무림의 다툼을 동일선상에서 볼 수 없는 게 당연하다.

그런데 근래 들어 새외칠마와 후금의 정예병이 도전해 왔고, 몇 가지 계책을 내어 박살내 버렸다. 비록 꽤나 고생하긴 했으나 내심의 짜릿함은 오랜만에 전장의 한복판에서 치열한 싸움 끝에 살아남았을 때와 비교할 만했다.

천성적인 싸움꾼!

사부 보종은 엽자건을 그리 불렀다. 매번 전장에 끌려갈 때마다 툴툴거리면서도 얼굴이 생생하게 살아나는 걸 빗댄 말이었다.

엽자건 역시 그런 생각이 든다.

간밤과 같은 싸움이라면 언제든 환영이다. 피를 펄펄 끓어오르게 만들고 오싹한 소름이 돋게 만드는 강적과의 진짜 싸움 말이다.

갑자기 엽자건이 미소를 싹 거뒀다. 그리 멀지 않은 곳에서 일어난 바스락거림이 신경을 자극해 왔다.

스윽!

그리고 신형을 돌려세우니, 어느새 엽자건은 삼 장이란 거리를 이동한 상태다.

뿐만 아니라 그의 한 손은 허리춤의 패왕검에 닿아 있고, 다른 한 손은 삼절마곤을 이루는 단봉을 쥐고 있었다. 확실한 임전태세에 돌입한 것이다.

피식!

문득 엽자건의 입새로 바람 새는 소리가 일었다.

그의 앞에는 어느새 남궁수가 청류하를 빼 들고 있다. 그녀 역시 순간적으로 엽자건과 동일한 과정을 거쳤음이 분명하다.

엽자건이 웃음 띤 얼굴로 말했다.

"남궁 소저, 어쩌다 이런 장소까지 오게 된 거요?"

"간밤의 싸움을 복기 중이었어요. 적들의 움직임과 엽 소협의 반격을 살피다 보니, 어느새 이런 곳까지 오게 되었네요."

"훌륭하군."

엽자건이 진심으로 칭찬했다.

백림산장에 모인 무수히 많은 무림인들.

그들 중에는 무림의 명숙이나 노련한 고수가 포함되어 있었다. 그러나 어느 누구도 남궁수처럼 간밤의 싸움을 복기하려 나선 자는 없었다.

전장에서는 기본에 속한 일이 자칭 칼밥을 먹고산다는 무림인들에겐 칭찬할 일이 된다. 재밌다.

남궁수가 말했다.

"엽 소협도 복기 중이었나요?"

"그런 셈이오. 그런데 남궁 소저는 여전히 성도에 갈 생각이오?"

"물론이에요. 본 가에서 사천 무림대회에 참가한 건 저뿐만이 아니니까요."

"그럼 남궁 소저 말고 창룡검가에서 오는 일행이 더 있는 거요?"

"숙부님들과 사촌 오라버니들이 함께 오실 거예요. 저는 일종의 선발대인 셈이죠."

"그럼 다른 문파에서도 비슷하겠구려?"

"그럴 거예요. 제가 듣기로 이번 사천 무림대회는 향후 무림 재편의 시발점이 될 수도 있다고 했으니까요."

"흐음."

엽자건은 우연히 만났던 독존 당무양을 떠올렸다. 어떤 의미론 승천검군 남궁황보다 더욱 무서워 보이던 정파의 대고수!

그런 무림 최정상에 군림하는 자들이 잔뜩 모여들 사천 무림대회에 크게 관심이 갔다. 냉고성과 두진양 같은 칠마라 해도 쉽사리 추격할 수 없다는 생각은 덤이었다.

싱긋!

갑자기 남궁수에게 활짝 웃어 보인 엽자건이 의뭉스런 표정으로 말했다.

"남궁 소저, 앞으로 잘 부탁하겠소."

"예?"

"성도까지 남궁 소저의 신세를 좀 져야겠다는 뜻이오. 왜?
싫소?"

"그, 그건 아니지만……."

남궁수가 자신도 모르게 말을 더듬거리다 입을 다물었다.
어느새 크게 박수를 치며 좋아한 엽자건이 백림산장을 향해
걸어가고 있었기 때문이다.

'이상한 사람… 아니, 진짜 이상한 건 그가 아니라 난가?'

잠시 혼란스런 표정을 지어 보인 남궁수가 얼른 엽자건의
뒤를 쫓았다.

싸움의 복기?

이미 그녀의 심중에서 큰 의미를 잃어버리고 있었다.

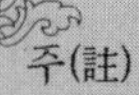

주(註)

*위위구조 : 위위구조(圍魏救趙)란 말 그대로 위나라를 포위하여 조나라를
구한다는 뜻으로 〈사기〉의 손자오자열전에 그 출전이 있다. 소림곤왕을 비
롯한 무협에서는 아군을 구하기 위해 적을 공격하는 수법을 총칭한다.

第三十五章
천기마야(天氣魔爺)

少林棍王
소림곤왕

성도.

사천성의 성도로 예로부터 토지가 비옥하고 산물이 풍부
해 천부지국(天府之國)이라 불렸다. 기후는 대체로 온화한 편
으로 겨울에도 비교적 따뜻하며 강우량이 풍부하여 땅 역시
기름지다.

성의 남쪽에 위치한 무후사(武侯祠)가 분주해진 건 정오가
조금 지났을 무렵이었다. 이곳은 촉한의 승상 제갈량을 기념
하기 위해 서진 영안 원년(304년)에 창건되어졌다고 한다.

그 유비전(劉備殿)의 내부.

촉한의 문신무장소장 이십팔 위의 상이 주욱 늘어서 있는 장엄한 방 안에 십여 명의 근엄한 인물들이 모여 있었다. 주변의 눈을 의식한 듯 무후사 일대를 철저히 통제한 지 한식경이나 지나서였다.

이곳에 모인 인물들의 면면을 보면 그 같은 사정을 쉽사리 알 수 있다. 누구 하나 천하에 이름 높지 않은 자가 없고, 범상한 내력을 지닌 자가 없었기 때문이다.

문득 주최자 격인 당가의 가주 독암귀수 당기정이 정중하게 포권한 채 입을 열었다.

"모두들 어려운 걸음을 해주신 점 당 모가 진심으로 감사 드리겠소이다!"

"무량수불! 당 가주께서는 별말씀을 다 하십니다. 무림의 대사를 의논하기 위함인데 어찌 천 리 길인들 마다할 수 있었겠소이까?"

"그렇소이다! 당 가주께서 그리 말씀하시면 여기 모인 우리들을 섭섭하게 하는 것이외다."

당기정의 말을 반색한 채 받은 두 사람.

점창파의 육대장로 중 한 명이자 쾌검의 달인이라 불리는 신학자(神鶴子)와 과거 사패 중 북패라 불렸던 신창양가의 총관인 묵암창(默巖槍) 양위정이었다.

구대문파 중 근래 크게 세를 잃어버린 점창파와 역시 과거의 명성이 크게 퇴락한 신창양가.

모두 근래 욱일승천 세력을 키우고 있는 당가와 오래전부터 줄을 대던 문파들이었다.

반면 못마땅한 기색을 얼굴에 노골적으로 내비치고 있는 자들도 있었다.

당가와 더불어 근래 가장 위세를 드높이고 있던 창룡 남궁검가의 창룡벽력검(蒼龍霹靂劍) 남궁진과 진주언가(晋州彦家)의 풍류무영권(風流無影拳) 언영이었다.

두 가문은 몇 차례의 혼사로 인해 끈끈한 관계를 유지한 지 오래였다. 당가가 세력을 키우려 하는 것에 반감이 있을 수밖에 없다.

그 외에 사람들은 사천 관부의 고위직이거나 주변의 군소 문파의 문주들이었다.

하나같이 그 지역 내에서는 제법 위세를 부릴 만한 위치이나 당기정과 함께 상석을 차지한 고수들이 워낙 명망이 높아서 눈치만 슬금슬금 보고 있었다.

정파무림의 재편!

이곳에 참여한 자들 중 의식적으로든 무의식적으로든 염두에 두지 않은 사람은 없다. 그만큼 근래의 천하는 혼란스러웠고 무림 역시 구심점을 필요로 하고 있었다.

단! 여기서 중요한 건 그 구심점을 할 인물이 누구고, 문파가 어디냐는 것이었다.

십수 년 전 같으면 이 같은 물음은 의미가 없을 터였다.

─일왕, 삼기, 오패, 삼검호, 이도객, 십삼성…….

대명에서 알 수 있듯이 천하 무림은 이미 언제나와 마찬가지로 무림 중의 서열을 정확히 정해놓은 상태였다.

일왕인 곤왕 유대유를 정점으로 각기 거대 문파의 지존인 삼기와 오패, 삼검호가 정파의 하늘로 우뚝 솟은 지 오래였다. 이도객은 홀로 독행할 뿐 천하 정세에 참여치 않았고, 십삼성은 다소 이름값이 떨어졌다.

하지만 이 기라성 같은 대고수들 중에서도 가장 우뚝 솟아 있던 곤왕 유대유가 갑자기 무림을 은퇴하고 군문에 들어간 후 사정이 크게 달라졌다.

백여 년 전의 사패 천하가 종언을 고한 직후, 무림은 몇 차례의 난을 경험하며 사분오열되었다. 각자의 문파가 스스로의 힘을 기르고 이합집산(離合集散)하며 세력을 형성하는 데 주력하는 세월이 계속 이어진 것이다.

그런 가운데 곤왕 유대유는 천하를 평정했다.

그로 인해 수십 년간 천하 무림은 고요했다. 어떤 세력도 함부로 준동치 못한 채 그의 눈치를 살펴왔다. 힘이 없어서가 아니라 더욱 압도적인 거력에 눌려 있었다고 볼 수 있겠다.

그런데 갑자기 곤왕 유대유가 무림을 떠났으니, 어찌 천하 무림이 격동치 않을 수 있었겠는가!

빙하탄(氷河灘)!

꽁꽁 얼어붙어 있던 빙하와 같던 무림의 밑으로 격렬한 계류가 흐르기 시작했다. 곤왕 유대유가 사라진 무림의 주도권과 패권을 쥐기 위한 싸움이 암중에서 소리없으나 꾸준히 진행된 것이었다.

그리고 그 결과들 중 하나가 바로 근래 당가에서 포달랍궁의 중원 침입을 구실 삼아 선포한 사천 무림대회였다.

정파무림의 새로운 구심점을 정하고 유명무실해진 무림맹 체제를 다시 되살리기 위함이라는 등등의 소리들…….

모두 헛소리였다.

이곳에 모인 자들은 하나같이 욕심으로 눈이 벌겋게 달아올라 있었다. 새로 재편되는 무림에서 어떻게든 한몫을 단단히 잡아야 한다는 마음만이 가득한 상태였다.

수군거림이 없을 수 없다.

'독존의 당가가 나섰으니, 승천검군의 창룡검가가 가만히 있을 수 없을 테지! 오패군의 수장과 삼검호의 수장이 맞붙게 되었으니 재밌게 되었어!'

'하지만 승천검군은 전날 고희연에서 은퇴를 선언했는데 다시 나설 수 있을까? 그걸 노리고 당가에서 이번에 먼저 손을 쓴 것도 같은데?'

'그보다는 소림사의 불성 종아 선사야 세속의 일에 상관하지 않는 분이니 그렇다 쳐도 무당파의 태극검성 풍암 진인이

나 개방의 개왕 철담협개 이 방주가 어찌 나올지 궁금하구
만.'

　'하긴 그렇지. 그 두 분이라면 충분히 무림맹주의 위치 역
시 넘볼 수 있을 테니까……'

　몇몇 친분이 있는 자들끼리의 수군거림이 한참 흥미진진
한 부분으로 진행되고 있을 때였다. 엄숙한 눈빛으로 좌중의
침묵을 종용한 당기정이 비로소 속내를 드러냈다.

　"곧 이곳으로 가친께서 오실 것이니, 잠시만 기다려 주셨
으면 합니다."

　"독존께서 친히!"

　남궁진이 대경하여 목소리를 높였다. 뒤통수를 제대로 맞
았다는 생각이 들었다.

　당기정의 입가에는 흐뭇한 표정이 가득했다.

　그 역시 부친인 당무양이 수일 전 자신을 찾아왔을 때 크게
놀란 바 있었다. 그가 애초에 당가가 주도한 이번 사천 무림
대회에 큰 관심을 보이지 않았음을 알고 있었기 때문이다.

　'후훗, 아버님께서 나서주셨으니, 이번 사천 무림대회는
당가 천하의 기폭제가 될 것이다! 현재의 아버님이라면 삼검
호나 이도객은 물론이고, 삼기인이라 해도 절대 상대가 될 수
없을 테니까!'

　독존 당무양은 십수 년 전 이미 오패군의 우두머리였다.

　지난 수년간 폐관수련으로 무공이 한층 진일보를 이뤘으

니, 어찌 천하를 오시하지 않을 수 있겠는가. 다른 누구보다 자식인 당기정은 그 사실을 명확하게 파악하고 있었다.

그때 경악과 흥분의 파도가 한차례 지나간 유비전 안으로 한 명의 적포노인이 모습을 드러냈다.

이곳에 고수 아닌 자가 없음에도 누구 하나 그의 행사를 제대로 간파하지 못했다. 그가 무의 영역을 펼친 채 유비전에 들어섰기 때문이다.

그나마 당기정을 비롯한 몇몇 상석의 고수가 뒤늦게 그의 등장을 깨닫고 대경실색한 기색이 되었다.

'아, 아버님!'

'헉! 도대체 어느 틈에……'

'독존의 무공이 그야말로 등봉조극(登峰造極)에 이르렀구나! 곤왕을 제외하고 두 번째를 보지 못하리라 여겼거늘!'

고수들이 각자의 상념에 빠져 혼란스러워하고 있을 때였다. 당무양이 좌중을 오시하듯 훑어본 후 내심 고개를 가로저었다. 생각했던 것보다 고수들의 면면이 대단치 않다는 생각이 들었기 때문이다.

'쯔쯧, 저런 자들이 현 무림을 이끌고 있다니! 기태나 잠재력으로 보면, 오히려 전날 파중에서 만났던 두 명의 어린 녀석만도 못하지 않은가. 하긴 그러니 천하의 소림과 무당인 게지.'

소림의 엽자건과 무당의 유백온.

　반드시 후일 천하 무림을 이끌 만한 동량들이었다. 비록 엽자건은 성격이나 태도에 문제가 좀 많아 보였지만.
　짤막하게 군웅들에 대한 품평을 끝낸 당무양이 무심한 목소리로 말했다.
　"당무양이외다. 모두 노부의 후배들이니, 짧게 말하도록 하지. 이번 사천 무림대회에서 무림맹주를 뽑는 건 잠시 유보하도록 하고, 천룡위주와 천룡영웅대를 먼저 선발하도록 함세."
　"아버님, 새롭게 무림맹을 창설하는 데 있어서 맹주 직이야말로 가장 중요하지 않겠습니까? 그런데 어찌……."
　"감히 내 말에 토를 달려는 것이냐?"
　"어찌 감히!"
　놀란 표정으로 목소리를 높였던 당기정이 얼른 고개를 숙여 보였다. 피를 이어받은 부친을 앞에 두었음에도 얼굴에 두려움이 가득하다.
　당무양이 말을 계속 이었다.
　"어째서 무림맹주보다 천룡위주를 먼저 뽑아야 하는지 다들 의아스럽게 생각할 걸세. 하지만 일단은 노부의 얼굴을 봐서 그리 일을 처리하도록 하세나. 천룡위주가 뽑히고 나서 이유를 자네들과 천하의 군웅들 앞에서 설명할 테니 말일세."
　"……."
　좌중이 잠시 조용해졌다가 얼른 찬동의 목소리로 가득 찼다. 친당가의 세력이나 반대파 모두 당무양의 압도적인 박력에 완전히 눌린 상태였다. 하물며 그가 일단 무림맹주의 직위에 관심을 보이지 않자 반대할 이유를 찾지 못했다.

후기지수 최고의 영예인 천룡위주!

물론 구미가 당기나 진짜 중요한 건 어디까지나 무림맹주의 자리였다. 그곳에만 신경을 쏟기도 힘들었다. 굳이 벌써부터 당무양과 대립하거나 눈 밖에 날 까닭은 없었다.

잠시 후.

나타날 때와 마찬가지로 홀연히 무후사를 빠져나온 당무양은 뒤도 돌아보지 않고 성도 외곽을 향해 달렸다.

그가 느닷없이 사천 무림대회에 관심을 갖게 된 이유!

바로 오늘의 만남을 위해서였다.

그렇게 그가 성도를 빠져나와 거진 백여 리가량을 달렸을 때였다.

개가 해를 보면 짖는다는 사천답달까?

갑자기 날씨가 크게 흐려지더니, 곧 굵직한 빗줄기가 후드득 떨어져 내렸다. 한겨울인데 눈이 아니라 비가 온다.

'이런!'

대고수라 해도 비가 오면 옷이 젖는다. 호신강기를 몸에 둘러서 비를 튕겨내는 방법도 있으나 그다지 추천할 바는 못 되었다. 내공진기의 소모가 극심하기 때문이다.

물론 다른 방법도 있다.

당무양이 재빨리 주변으로 감각을 확장시키더니, 곧 엉성하게 지어진 초막 하나를 발견해 냈다. 사실은 그곳의 중심부에서 미미하나 압도적인 기질을 지닌 기의 흐름을 잡아낸 것이지만 말이다.

'대유! 날 부르고 있는 것인가?'

내심 안색을 굳혀 보인 당무양이 곧 한줄기 붉은 선으로 화했다. 초막을 찾아간 것이다.

삐그덕!

급하게 초막의 문을 열고 들어선 당무양에게 유대유의 봉황안이 향했다.

그의 손에는 방금 전에 피워놓은 모닥불의 불씨를 어르는 막대기 하나가 쥐어져 있다. 그다지 대수로울 것도 없는 모습이나 상대가 곤왕이라 불리는 유대유라면 사정이 조금 달라진다.

움찔!

당무양이 초막 안으로 들어서다 몸을 가볍게 경직시켰다. 사천을 대표하는 대고수임에도 막대기의 끝을 주시하는 노안에는 긴장감마저 흐른다.

유대유가 부드럽게 미소 지었다.

"선배님, 조금 늦으셨습니다? 중간에 비가 내리던데 낭패

나 당하지 않으셨는지 모르겠습니다."

"사천의 날씨야 항상 이리 지랄맞은 것을. 대유, 자네야말로 비를 조금 맞은 것 같구만?"

"예, 조금 맞았습니다."

유대유가 고개를 끄덕여 보이곤 손으로 반대편 자리를 가리켰다. 앉으라는 뜻이다.

'여전히 마음에 드는 자세로다! 싸울 때를 대비해 무형지기로 비를 튕겨내지 않고 왔음이야!'

그 싸움의 상대, 오늘은 자신이 될 수도 있다는 생각에 당무양이 내심 눈을 빛냈다. 그는 모닥불 앞에 앉는 대신 차갑게 말했다.

"자네 뜻대로 이번 사천 무림대회는 천룡위주와 천룡영웅대를 뽑게 될 것일세. 그러니 이젠 전날 노부의 앞을 가로막았던 이유를 설명해 주게나."

"여전히 성격이 급하십니다."

"자네와의 재대결을 위해 다 늙은 나이에 폐관수련에 매진한 노부일세. 어찌 마음이 급해지지 않을 수 있겠는가?"

"알겠습니다. 그럼 바로 시작하시지요."

시원스런 대답과 함께 유대유가 자리를 털고 신형을 일으켜 세웠다. 여전히 손에는 모닥불을 헤집고 있던 막대기가 들려져 있다. 곤왕이라 불리는 그에겐 충분히 천하를 쓸어버릴 수 있는 신병이다.

움찔!

또다시 몸을 경직시킨 당무양이 버럭 노성을 터뜨렸다. 왠지 유대유에게 엮였다는 생각이 들었다.

"대유! 어째서 이유를 설명하지 않으려는 건가? 왜 해월왕과의 싸움도 끝내지 않은 상황에서 절강성을 떠나 사천에 온 것인지를! 또한 사천무림과 중원을 농락한 포달랍궁의 요승들은 왜 그냥 서장으로 돌아가게 했는지를 말일세."

"그건……."

유대유가 잠시 말끝을 흐린 후 수중의 막대기를 바닥에 내려놨다. 당무양이 이렇게 나온 이상 계속 설명을 피할 순 없다 여긴 것이다.

"…그건 현 황실이 무능하기 때문이고, 중원의 힘이 약하기 때문입니다."

"그건 또 무슨 헛소린가?"

"현재 중원은 크나큰 위기에 봉착해 있는 상황입니다. 북원의 타타르와 남쪽의 해월왕에게 국경이 처참하게 농락당한 지 오래일뿐더러, 요동 일대에서 일어난 후금의 기세는 사뭇 놀라울 정도입니다. 자칫 만리장성(萬里長城)이 다시 유린당할지도 모를 지경인 겁니다. 해서 저는 지금부터 산해관(山海關)을 넘어갈까 합니다."

"산해관을 넘어? 설마 자네는 더러운 암살자가 되려 하는 것인가?"

"근래 중원을 혼란 속에 빠뜨렸던 상당히 많은 사건들의 배후가 후금의 실권자인 황천기주란 정보를 입수했습니다. 그러니 한시라도 빨리 그를 제거해야 하지 않겠습니까?"

"목숨까지 걸려는 건 아닐 테지?"

"황천기주는 무서운 자입니다. 어쩌면 고대 마교의 후신인 대종교와도 연결이 되어 있을지 모르니, 목숨을 걸지 않고선 제거가 어려울 겁니다. 그래서 선배님께 그런 부탁을 드린 것이고요."

"……"

문득 입을 다문 당무양의 노안에 습기가 어렸다.

그는 오로지 자기 자신의 무위를 높이는 데만 관심이 있는 사람이었다. 국가의 존망이나 타인의 삶 같은 건 아랑곳하지 않고 살아왔다. 그 같은 삶에 한 치의 후회도 느껴본 적이 없었다.

그런데 지금은 가슴이 떨려왔다. 아려왔다.

천하무쌍이란 성망과 무위를 뒤로하고 거리낌없이 암살자가 되겠다고 말하는 유대유의 말에 목이 메어왔다. 바싹 메마른 지 오래라 여겼던 가슴속 깊숙한 곳에서 활활 불꽃이 일어나고 있었다.

"대유, 나와 함께 감세. 내가 가진 재주를 이용한다면 백만 대군 속에서도 능히 황천기주를 암살할 수 있을 걸세."

"물론 그럴 것입니다. 하지만 선배님께서는 중원을 지켜주셨으면 합니다."

"포달랍궁의 대법대불왕을 경계하는 것인가?"

"그렇습니다. 서장의 포달랍궁은 본래 북원의 타타르와 매우 가깝습니다. 만약 요행으로 황천기주를 제거한다면 곧바로 다시 중원을 치러 움직일 겁니다. 그러니 그때 선배님마저 중원에 없으시다면 누가 있어 중원의 무인들을 이끌 수 있겠습니까?"

"듣기 좋은 말이군. 하지만 중원에는 노부 외에도 많은 고수들이 있어."

"물론입니다. 하지만 대법대불왕을 상대할 수 있는 사람은 오로지 선배님뿐입니다."

"내게 당가의 독과 암기가 있으니까?"

"예, 현 중원무림에서 대법대불왕을 정당한 무공만으로 막아낼 수 있는 사람은 거의 없습니다."

"……"

단호한 유대유의 말에 당무양의 노안이 못마땅함을 드러냈다. 자신 역시 독과 암기의 힘을 빌지 않고선 대법대불왕을 상대할 수 없다는 의미로 받아들인 까닭이다.

슥!

유대유가 두 손을 모았다. 포권지례다. 더불어 허리 역시 숙여 보인다. 당무양을 아예 꼼짝달싹도 못하게 만들려 함이었다.

“됐네! 됐어! 내 무림맹을 만들어서 자네가 돌아올 때를 기다리겠네!”

“귀중한 약속, 감사드릴 따름입니다.”

“대유!”

목청을 카랑카랑하게 높인 당무양이 여전히 포권을 하고 있는 유대유의 손을 덥석 붙잡았다. 어느새 두 눈에는 뜨거운 기운이 다시 넘실거린다.

“대유, 반드시 살아 돌아와야만 하네! 새롭게 만들어지는 무림맹의 맹주는 바로 자네가 되어야만 하니까 말일세.”

“그건……”

“거절은 용납할 수 없네. 노부가 할 수 있는 일은 거기까지만이니까 말일세.”

“…알겠습니다.”

유대유가 역시 당무양의 손을 마주잡으며 다시 고개를 숙여 보였다.

후금의 황천기주를 암살하는 데 성공하면 곧바로 북원의 타타르와 포달랍궁이 움직일 터였다. 무림 세력의 규합과 원활한 통솔이 필요해지는 건 필연이라 할 수 있었다.

‘게다가 현재의 황제는 날 매우 껄끄러워하고 있다. 다른 대신들 역시 마찬가지고. 그러니 병부를 떠나서 무림으로 다시 복귀하는 것이 후일 벌어질 잡음을 피하는 한 방도가 될 수도 있을 것이다.’

언제나 그렇듯이 무능한 군주의 치세하에선 간신이 득세하고 충신이 배척받게 마련이다.

명대의 황제들은 그 정도가 더욱 심하여 포악스럽지 않으면 무능하고 우둔하기까지 해서 정사에 관심이 없었다. 황조가 들어선 후 중원에 변이 끊이지 않는 건 바로 그 때문이라 할 수 있었다.

내심 마음을 굳힌 유대유가 입가에 쓸쓸한 고소를 매달았다. 어느새 비가 멈춰가고 있다. 이제 산해관을 향해 떠나야 할 때가 된 것이다.

"선배님, 그럼 이만 작별을 고하겠습니다."

"알겠네. 부디 보중(保重)하시게."

"중원을 부탁드리겠습니다."

그 말을 끝으로 유대유가 초막을 떠나갔다. 아직 다 타지 않은 모닥불과 불씨를 살피던 막대기 하나만을 남기고.

*　　*　　*

두 달이 훌쩍 지나갔다.

그사이 천하 무림은 몇 가지 커다란 사건에 휘말렸으나 북경(北京)을 거쳐 만리장성에 도착한 유대유의 관심을 자극할 순 없었다.

눈앞으로 보이는 거대한 관문.

만리장성의 동쪽 끝에 자리하고 있는 중요한 관문인 산해관이다. 명대 이후 북경이 수도가 되면서 군사적 중요성이 더욱 강조된 장성제일의 요충지이기도 하다.

'멍청한 짓이었다!'

유대유는 내심 고개를 가로저었다.

병법가의 관점으로 봤을 때 눈앞의 산해관은 불길한 괴물이나 다름없었다.

수도인 북경까지 얼마나 떨어져 있을까?

만약 이곳이 무너진다면 십수 일 만에 북경은 전화에 휩싸이고 말 터였다. 공격하는 입장으론 더할 나위 없으나 방어로는 최악이라 할 만한 자충수(自充手)를 영락제(永樂帝)는 둔 것이었다.

하물며 근래 산해관 밖의 요동에서는 금의 후예를 자처하는 여진의 기세가 하늘을 찌르고 있었다.

그들 중 가장 강성한 팔기군은 번갈아가며 산해관 부근을 약탈했는데, 명군은 방어만 하기에도 바빠서 어떠한 반격도 가하지 못하는 지경이라 했다.

수도를 북경에서 남경(南京) 등으로 이전하거나 군사력을 확충하여 산해관 밖을 정벌하지 않고선 국운이 기우는 걸 막을 방도가 없는 것이다.

그러나 유대유는 잠시 들른 북경에서 다시 좌절감을 느껴야만 했다.

평상시 친교를 유지하고 있던 몇 명의 대신들과 군부의 수장들을 만났으나 정치적인 논쟁과 반대파에 대한 추잡한 폭로만을 들었을 따름이다. 그가 내놓은 국방 강화책에 대해선 어떠한 확답도 들을 수 없었다.

정치!

더럽고 추잡하다. 반대파를 꺾기 위해서라면 국가와 국민이 멸망한다 해도 눈 하나 깜빡하지 않는 자들만이 살아남을 수 있었기 때문이다.

그 같은 생각과 함께 산해관을 향해 나아가던 유대유의 눈에 이채가 어렸다.

'국경의 어린애라 그런가? 저런 짓을 하다 크게 화를 당할 수도 있을 터인데…….'

유대유의 눈에 뜨인 소년은 열 살이 될까 말까 한 나이에 표정이 꽤나 다부지다. 근골 역시 좋아서 제자 척호와도 견줄 만하다.

다만 척호와 다른 점이 있다.

눈.

열기가 이글거리는 눈을 한 채 소년은 연신 산해관을 향해 돌을 던지고 있었다. 마치 돌을 던지고 또 던져서 산해관을 박살내려는 것 같다.

유대유가 소년의 곁으로 다가가 말했다.

"아이야, 네가 지금 뭘 하고 있는지 알고 있는 것이냐?"

"압니다."

소년은 갑자기 자신의 배후에 나타난 유대유 쪽은 돌아보지도 않고 퉁명스레 대답했다. 그다지 놀란 기색도 보이지 않는다.

유대유가 다시 말했다.

"이유를 말해줄 수 있겠느냐?"

"꼭 그래야 합니까?"

"그래야만 한다."

담담하나 강한 힘이 내포된 유대유의 말에 비로소 소년이 돌멩이를 던지던 걸 그만두고 몸을 돌려세웠다. 사나운 눈빛에 얼굴이 붉게 달아올라 있는 게 무언가에 크게 분노해 있음을 알 수 있었다.

"삼 일 전 집이 불타고 일가족 모두가 몰살당했어요. 그런데 저 개 같은 새끼들은 문을 단단히 걸어 잠그고 우리 마을이 모조리 잿더미가 되도록 나와보지도 않았어요. 해마다 세금이랍시고 수확은 모조리 가져가더니, 정작 필요할 때는 아무런 힘도 되어주지 않았다구요!"

"그렇구나."

유대유는 소년의 분노를 이해할 수 있었다. 그러나 이런 짓을 계속하게 놔둬선 안 된다. 간신히 살아남은 소년마저 목숨을 잃게 만들 순 없었기 때문이다.

품속을 뒤져 은자 다섯 냥 가치의 원보를 꺼낸 그가 소년의 손에 쥐어주며 말했다.

"전란의 시기다. 네가 마을이 모조리 불타 없어지는 상황에서도 목숨을 건진 데는 이유가 있을 터인즉, 남은 생을 귀히 여겨야만 한다."

"돈은 필요없어요. 대신 절 이 거지 같은 곳에서 데려가 주세요. 잡일이든 뭐든 다 할 테니까요."

"날 따르겠다고? 그건 어째서지?"

"무인이시잖아요. 절 제자로 삼아서 무예를 가르쳐 주세요, 제 손으로 가족의 복수를 할 수 있도록."

'전란의 씨앗! 이 아이는 후일 전란의 씨앗이 되어 천하를 뒤흔들어 놓겠구나!'

유대유는 소년의 검게 불타오르는 눈을 보고 내심 미간을 흐렸다.

처음부터 제자 척호와는 다르다 여겼는데, 자세히 보니 전형적인 반골이었다. 가슴속에 분노와 증오마저 담아두었으니, 후일이 두렵지 않을 수 없었다.

그러나 가족을 모조리 잃어버린 소년이었다. 내심 우려가 되었으나 유대유가 당장 어찌할 수 있는 일은 없었다.

유대유가 고개를 가로저었다.

"나는 후일을 기약할 수 없는 몸이구나. 내 물건 하나를 내줄 테니, 북경으로 가거라."

"북경으로요?"

"그래, 그곳에 가면 널 맡아줄 사람이 있을 것이다."

"됐습니다. 절 제자로 삼아주지 않으려거든 그냥 가세요."

"아이야, 그런 것이 아니라……."

"됐다니까요!"

유대유를 향해 버럭 소리를 지른 소년이 얼른 산해관 반대편으로 달려갔다. 혹시 무인인 유대유가 화라도 낼까 봐 두려웠던 것 같다.

"……."

유대유가 소년의 뒷모습을 잠시 바라봤다.

꺼림칙한 느낌.

그러나 그에겐 중대한 사명이 있었다. 우연찮게 만난 어린애와 실랑이를 벌일 여유는 없었다.

'전란의 씨앗일지라도 아직은 그냥 어린아이에 불과할 뿐! 후대의 일은 후대에게 맡기는 것이 옳을 것이다!'

결국 마음을 돌린 유대유가 다시 산해관을 향해 걸음을 내딛었다.

스파앗!

그냥이 아니었다. 한줄기 빛으로 화했다. 한 점의 망설임도 없이 중원을 떠난 것이다.

*　　　*　　　*

소년은 한참을 뛰다 지쳐서 걸음을 멈췄다.

들썩이는 가슴 근육은 아이답지 않게 잘 발달되어 있으나 배고픔은 여느 또래들처럼 금세 찾아든다.

"하악! 하악! 짜증나! 괜스레 뛰어가지고 배가 홀라당 꺼져 버렸네."

숨을 헐떡이며 소년은 인상을 잔뜩 긁어 보였다.

화가 나 있는 얼굴에 더해 짜증까지 어리자 표정이 사뭇 험상궂다.

그런데 갑자기 소년의 앞에 흐릿한 그림자 하나가 떨어져 내렸다.

회의수사 차림의 노인?

백발에 수염 역시 하얗다. 그런데 피부는 팽팽하니 주름 하나 보이지 않고 뽀얗다. 무척 선해 보이는 인상과 함께 사람의 시선을 확 잡아끄는 외양이다.

퍽!

회의노인은 등장과 함께 소년을 발로 찼다. 숨을 헐떡거리느라 허리를 약간 밑으로 굽히고 있던 녀석의 얼굴을 발로 짓밟아 버린 것이다.

"으아아!"

소년은 바닥에 널브러지기가 무섭게 괴성을 내질렀다. 곧바로 몸을 일으켜 세우려고도 했다.

회의노인이 그리 놔두질 않았다.

퍽! 퍼퍼퍼퍼퍽!

회의노인은 소년을 계속 발로 짓밟았다. 사정없이 짓밟았다. 아예 분노의 괴성조차 터뜨리지 못하게 될 때까지 짓밟았다. 그게 바로 소년 같은 부류를 가장 쉽게 다루는 방법이란 걸 잘 알고 있었기 때문이다.

과연 그랬다.

소년은 어느 순간부터 두 손을 모은 채 고개를 조아리고 있었다. 한 대라도 덜 맞기 위해선 분노하고 반항하는 대신 굴종을 보이는 게 낫다는 걸 본능적으로 깨달았음이 분명하다.

그제야 회의노인이 발로 짓밟기를 멈췄다. 충분히 굴복시켰다. 이젠 원하는 바를 얻어야만 할 때였다.

"어째서 그의 제의를 거절한 것이냐?"

"사, 살려줄 겁니까?"

곧바로 튀어나온 소년의 반문에 회의노인의 눈매가 반달이 됐다. 생각했던 것보다 더욱 영특한 놈이란 생각이 든다.

"살고 싶으냐?"

"제대로 살고 싶습니다."

"제대로라… 어떻게 사는 것이 제대로 사는 것이냐?"

"부모의 복수를 하고 내 두 발로 우뚝 서서 남에게 절대로 고개를 숙이지 않고 사는 겁니다."

"좋은 대답이다. 하지만 명을 재촉하는 대답이기도 하니 앞으론 절대로 남 앞에서 그 같은 말을 하지 말거라.”

“명심하겠습니다.”

대답과 함께 소년이 바닥에 엎드렸다. 방금 전에 자신이 한 말과 같은 인생을 살게 해줄 수 있는 힘이 눈앞의 회의노인에게 있다고 여긴 것이다.

‘간웅이 될 놈이로고! 곤왕이 어찌 이만한 자질을 보고도 그냥 지나치는가 싶었더니 다 이유가 있었구나! 하지만 나 천기마야(天氣魔爺)는 이런 녀석이 좋으니 이 일을 어찌할꼬?’

천기마야!

근래 중원을 혼돈으로 몰아넣고 있는 후금의 황천기주와 함께 반드시 기억해야만 할 이름이다. 마교의 후신을 자처하는 대종교의 머리라 불리는 인물이었기 때문이다.

내심 빙긋 미소 지어 보인 천기마야가 실핏줄까지 내비치는 손을 내밀어 소년의 머리를 더듬었다.

반골!

그의 손이 더듬고 있는 부근이다. 더불어 미소가 더할 나위 없이 잔혹해진다.

“네 이름이 무엇이냐?”

“끄으!”

천기마야의 손에서 일어난 기괴무쌍한 기운에 머리가 뽀개지는 고통을 당한 소년이 온몸을 벌벌 떨며 간신히 말했다.

“…오종학. 제 이름은 오종학라고 합니다.”

“그럴듯한 이름이로고. 그 이름을 후대에까지 알리고 싶거든 살아남거라.”

“예?”

“무슨 짓을 해서든 살아남으란 뜻이다. 네가 방금 전에 주절거린 말을 현실화시킬 힘을 얻을 때까지.”

“끄악!”

오종학이 입을 딱 벌렸다. 여태까지완 비교조차 되지 않는 엄청난 기운이 머리를 온통 헤집어놨다. 비명과 함께 기절하는 것 외에 그가 할 수 있는 게 있을 리 없다.

털썩!

오종학이 결국 입에 게거품을 문 채 바닥에 쓰러졌다. 혼절이었다.

그때 천기마야의 배후로 흐릿한 그림자가 불쑥 솟아올랐다. 여전히 등에 칠흑같이 검을 짊어지고 있는 살수왕 마령귀사였다.

그의 복면으로 감춰진 얼굴을 눈으로 살핀 천기마야가 입가에 여전한 미소를 유지한 채 말했다.

“생각보다 빨리 왔군.”

“의뢰인에게 선금의 열 배를 물어줬소.”

“곤왕을 죽이는 영광을 남에게 빼앗기고 싶지 않았기 때문일 테지?”

"오 년 전 한차례 나는 실패했소. 다시 그런 일을 경험할 생각은 없소."

"좋군, 상대가 곤왕인데도 그 자신감은 변함이 없으니."

"다른 때라면 나 역시 곤왕을 암살할 자신은 없소. 하지만 그가 산해관을 벗어난다면 가능성이 충분하오. 황천기주에게 그의 이동 경로만 계속 알려준다면, 후금의 대군을 이용할 수 있을 테니까."

"방심은 금물이야. 그는 중원의 무신이라 불리는 곤왕 유대유니까 말야."

"의뢰금이나 잊지 마시오."

"선금을 주도록 하지."

천기마야가 허리춤에서 소도 하나를 빼서 마령귀사에게 휙 집어던졌다.

스륵!

마령귀사가 소매를 이용해 받아 든 소도를 빼 들고는 눈을 빛냈다.

칠흑과 같이 검은 도신.

그의 애병인 칠흑의 검과 똑같다, 마치 한쌍인 것처럼.

'드디어 본 가에서 백여 년간 잃어버렸던 암도(暗刀)를 회수할 수 있게 되었구나! 묵검(墨劍)과 암도를 함께 지니게 되었으니 곤왕이라 해도 죽음을 피해갈 순 없게 되었다!'

암도묵검은 천하에 전혀 알려진 바가 없는 기물이다. 마병

이다. 오로지 마령귀사의 집안과 천기마야만이 그 존재를 알
고 있는.

천기마야가 말했다.

"선금을 미리 준 대신에 한 가지 더 부탁하겠네."

"말씀하시오."

마령귀사가 암도를 조심스레 품속에 회수한 후 대답했다.
목소리가 조금 들떠 있다.

"대력신마 여일패를 죽이게."

"그만 죽이면 되는 거요?"

"대력신마를 죽였는데 대력신마문(大力神魔門)이 건재하면
곤란한 일이 발생하지 않겠나?"

"대력신마문 역시 몰살시키겠소."

"좋아."

천기마야의 미소가 더욱 짙어졌다. 같은 새외칠마에 속한
여일패와 그의 문파를 몰살시키라는 명에 한 점의 의문도 드
러내지 않는 마령귀사의 모습이 만족스러웠던 거다.

스르륵!

순간 마령귀사가 다시 땅속으로 녹아들었다. 천기마야와
더 이상 대화를 나눌 이유가 없다는 판단을 내렸음이다.

'그럼 구정회에서 마천(魔天)에 심어놓은 간세도 대충 정
리했으니, 슬슬 움직여 보도록 할까? 북원 쪽은 건방진 대법
대불왕을 제거하는 걸로 당분간 조용해질 테고, 황천기주는

어차피 중원을 정복한 황제가 되는 것만으로도 한동안 정신을 차릴 수 없을 테니까 말야.'

천하!

그의 내심이 사실이라면 모두 천기마야의 손바닥 위에서 움직이고 있었다.

"그전에 욘석을 적당한 군문에 박아놔야 할 테지? 이런 간웅의 씨앗은 잘만 키우면 향후 중원 전체에 혼란과 전란을 몰고 올 테니까."

나직한 중얼거림과 함께 천기마야가 여전히 정신을 잃고 있는 오종학을 들어 어깨에 걸쳤다.

저 멀리 희미하게 보이는 산해관, 스스로 문을 활짝 열 날이 그리 멀지 않았다.

第三十六章
삼절신풍(三絕新風)

少林棍王

소림곤왕

백림산장에서의 대혈전!

사천 무림대회에 참가하기 위해 모였던 십수 명이 넘는 운남, 사천의 고수가 죽거나 부상당했고, 후기지수 역시 십여 명이나 죽거나 부상을 당했다.

백림산장 자체의 피해는 더욱 심각하여 총관인 촉산도객 한승 이하 무사 오십여 명이 죽고, 부상자는 부지기수였다. 산장 전소(全燒) 작전으로 인해 불타 없어진 건물 역시 절반이 넘으니, 재산상의 피해는 상상을 불허할 지경이었다.

그러나 적의 피해는 더욱 극심했다.

백림산장이 위치한 백림산 일대에 널브러진 이름 모를 시체의 숫자만 삼백여 구가 넘었다. 도대체 얼마나 많은 인원이 공격해 왔는지 짐작조차 하지 못할 정도다, 또한 몇 명이나 살아서 도주할 수 있었는지도.

덕분에 하루 새 까마귀 떼가 백림산 전역을 뒤덮어 버렸다. 시체의 눈알을 쪼아먹고 자신들의 주린 배를 채우려 악착같이 날아들었다.

그로 인해 백림산장의 주인이자 책임자인 사천대협 위천복은 혼이 쏙 빠질 만큼 바빠졌다.

그는 혈전에서 죽거나 다친 자들을 찾아다니며 위로하고 애도했으며, 적의 시체 역시 하나도 빠짐없이 수습했다. 그냥 놔뒀다가는 전염병의 원인이 될 수 있거니와 까마귀와 같은 금수들의 먹잇감으로 만들 순 없다는 판단이었다.

그렇게 시간이 흘러가는 동안 기이한 일도 몇 가지 있었다.

백림산장에서 가장 기세가 등등했던 점창파의 속가제일 고수인 낙안검객 단백승이 혈전 직후 모습을 감춘 것과 모든 작전을 이끌었던 엽자건에 대해 모든 사람들이 일제히 함구해 버린 것이었다. 마치 전날의 대혈전 중 그의 존재 자체가 아예 없기라도 했던 것처럼 말이다.

열흘 후.

백림산장을 떠나 사천 무림대회의 개최지인 성도로 향하는 관도에 한 무리의 무림인이 나타났다. 유백온을 비롯한 육우와 백림산장에서 살아남은 후기지수들이었다.

　며칠 전에 벌어진 참사를 벌써 잊어버린 것인가?

　한참 발랄할 나이인 후기지수들의 표정은 사뭇 밝았다. 혈전에서 살아남은 자들의 여유를 한껏 만끽하고 있었다, 유백온을 비롯한 강북 육우를 중심으로.

　그 같은 분위기를 주도한 당사자인 당소교가 유백온에게 친근한 표정으로 말했다.

　"백온 대가, 곧 성도에 도착할 거예요. 성도성은 처음이시죠?"

　"사실은 사천에 온 것도 처음이다. 겨울인데도 날씨가 그리 춥지 않으니, 꽤나 이상하구나."

　"사천이 본래 그래요. 일 년 내내 덥다가 겨울에만 날씨가 좀 서늘해지니, 지금이 밖을 돌아다니기엔 가장 좋을 때라고 할 수 있겠네요."

　"그렇구나."

　유백온이 미미하게 고개를 끄덕여 보였다. 그러며 시선을 힐끗 뒤쪽으로 던진다.

　일행으로부터 조금 처진 후미.

　두 명의 빼어난 미남자와 한 명의 절세미인이 여유있게 따르고 있다. 엽자건과 여전히 남장을 한 감요진, 근래 표정이 한결 밝아진 남궁수였다.

　문득 유백온의 준수한 얼굴 전체로 우울한 그림자가 스쳐

간다. 남궁수가 자신과 비교해 결코 떨어지지 않는 두 명의 미남자와 함께 있는 광경을 보자 마음이 크게 아파왔다. 특히 전날 소름 끼칠 정도의 무위와 전투 수행 능력을 보인 엽자건이 무척이나 신경 쓰였다.

'남궁 소저는 오로지 검과 무에만 관심이 있는 줄 알았는데… 내가 그녀를 너무 과대평가했던 것인가?'

이런 기분, 처음이다.

평생 살아오며 단 한 번도 느낀 적이 없었다. 항상 최고의 길을 걸어왔기에 그렇다. 좌절을 경험한 적이 없기에 질투란 감정 역시 가져보지 못했다.

남궁수에게 당했던 패배?

그녀가 마음에 두고 있던 상대였기에 상처가 남았으나 크게 개의치 않았다. 그냥 좋은 자극거리라 생각했다. 언젠간 반드시 극복할 수 있다 여겼기 때문이다.

이번엔 다르다.

유백온은 철저할 정도로 엽자건에게 패배감을 느끼고 있었다. 그의 싸움에 매료되었던 자기 자신에 대한 자괴감으로 인해 올곧기만 하던 마음의 축이 살짝 뒤틀려 버렸다. 현재의 심리 상태에 당황하고 있는 까닭이었다.

당소교는 총명하다. 유백온에 대해선 극도로 예민하고 주의 깊은 관찰력까지 겸비하고 있었다.

그의 작은 몸짓 하나, 눈짓 하나로도 속내를 읽어낼 수 있었다.

'감히 나의 백온 대가를 흔들다니!'

그녀에게 있어서 유백온은 하늘이나 다름없었다. 인생의 지주이자 희망이었다. 그런 그의 흔들림은 하늘이 무너져 내리는 것이나 다름없었다.

차가운 살의와 함께 그녀는 엽자건과 남궁수를 결코 용서할 수 없다고 여겼다. 반드시 어떻게든 제거해 버릴 거란 맹세 역시 몇 차례나 마음속을 오가고 있었다.

그럴수록 더할 나위 없이 부드러워지는 입가의 미소.

자신의 살심을 숨기기 위해 당소교는 더욱 미소 지었다. 유백온의 시선을 어떻게든 자신 쪽에 고정시켜 놔야만 했다. 추악한 속내를 들켜서도 안 되었다.

그러나 야속한 유백온의 시선은 여전히 당소교를 건성으로 바라보고 있었다. 그녀의 안간힘에 가까운 노력을 받아들이지 못했다. 그러기엔 그가 만난 심마(心魔)의 폭풍이 지나치게 거세였다. 스스로를 꽁꽁 묶어버리고 있었다.

오히려 당소교에게 관심을 보인 건 엽자건이다.

힐끔.

그는 남궁수와 감요진을 좌우에 낀 채 느긋한 걸음을 옮기던 중 당소교의 촉촉하게 젖은 눈을 봤다. 입가에 깃든 미소와 함께 더할 나위 없이 순결하고 가련해 보인다.

'역시 좋은 예인의 자질이야! 저렇게까지 자신을 꾸밀 수

있는 건 진짜 타고나지 않는 한 힘든 일인데 말야!'

엽자건은 입맛을 다셨다.

생뚱맞은 장소에서 천재적인 예인의 자질을 지닌 여인을 보자 마음이 크게 안타까웠다. 저만한 미모에 재능이라면 황실의 어전 앞에서도 충분히 공연을 치를 만하단 생각이 들었다. 물론 자신처럼 어려서부터 곤산장의 관흠 노사같이 엄한 스승을 만나야만 했을 테지만 말이다.

그때 당소교를 바라보는 엽자건의 눈빛이 심상치 않음을 느낀 감요진이 슬며시 그의 옆구리를 꼬집었다.

퉁!

살이 거의 없는 근육질의 몸이다. 소림외공의 수련이 극한에 이르기도 했다. 비록 무공을 연마한 여인의 손길이라 한들 내공이 실리지 않았으니 쉽사리 허락할 리 없다.

어이없을 정도로 간단히 감요진의 손가락을 튕겨낸 엽자건이 고개를 살짝 옆으로 기울여 보였다. 뭐냐는 표정이다.

감요진이 코끝을 찡그려 보였다.

"양심도 없는 바람둥이."

"바람둥이?"

"어딜 그렇게 곁눈질하는 거야? 그렇게 보고 싶으면 끼어들어서 말이라도 걸어보던가."

"그러게."

"뭐?"

엽자건의 예상치 못한 대답에 감요진의 눈꼬리가 샐쭉해
졌다. 당장 양손을 들어 올려 얼굴이라도 긁어놓을 것 같다.

엽자건은 여전히 태연했다.

"하지만 당 소저는 날 싫어해서 말야. 그렇지만 않다면 한
번 춤이라도 가르쳐 보고 싶은데……."

"왜? 술도 가르쳐 보시지?"

"하핫!"

엽자건이 감요진의 비꼬인 반문에 유쾌하게 웃어 보였다.
그녀의 이 같은 질투, 기분이 나쁘지 않다.

그때 남궁수가 묘한 표정을 한 채 끼어들었다.

"엽 소협, 이렇게 느긋해도 되는 건가요?"

"괜찮소. 아마도."

"아마… 도?"

"백림산장에서 대패를 당한 이후 후금 녀석들도 바짝 긴장
한 것 같소. 지난 며칠간 줄곧 움직임의 동선을 바꿔가며 반
응을 살폈는데, 특별한 추격의 징후는 보이지 않았소."

"설마 그래서 밤마다 외출하신 건가요?"

"뭐, 그런 셈이오."

엽자건의 대수롭지 않은 대답에 남궁수가 미미하게 고개
를 끄덕여 보였다.

백림산장의 혈전 직후에 보인 그의 행동은 무척 이상했다.

무림 중에 명성을 드날릴 수 있는 공적을 세웠음에도 위천

복과 낙안검객 단백승을 설득해 자신의 존재를 지웠고, 성도행의 인원도 분산시켰다. 무리를 여러 개로 쪼개서 이동하게 함으로써 전력의 집중을 저해하는 비정상적인 행동을 취하게 만든 것이다.

그래도 위천복이나 단백승은 엽자건의 청을 따랐다. 전날 그의 덕분에 목숨을 건지고 평생의 명예를 지킬 수 있었기 때문만은 아니다.

진정한 탄복!

무림의 선배이며 절정의 고수인 그들은 진심으로 엽자건에게 감탄한 상태였다. 그가 어떤 일을 요청하든 기꺼이 따를 준비가 되어 있는 것 같았다.

후기지수들은 달랐다.

그들 중 엽자건의 대활약을 제대로 본 자는 거의 없었다. 그나마 유백온과 당소교, 남궁수 등이 일면을 봤으나 역시 엽자건에 의해 함구를 당했다. 태반이 싸움이 어떻게 시작되서 어떻게 끝났는지도 모르는 상황이었다.

그러다 보니 그들 중 상당수는 엽자건을 여전히 싫어하고 무시했다. 장례식에 참석하지 않은 것을 빌미로 무례하고 예의없는 자로 치부하는 자들까지 있었다.

이유가 없을 리 없다.

그 같은 일의 배후에는 언제나와 같이 당소교가 있었다. 그녀의 교묘한 수작에 후기지수들은 놀아났고, 엽자건에 대한 배척을 점차 노골적으로 드러내고 있었다. 느닷없이 당한 혈사로 인해 얻은 정신적인 충격을 잊기 위해 모두의 적이 필요했고, 엽자건이 가장 만만했기 때문이다.

하지만 어찌 된 영문인지 당사자인 엽자건은 그런 일에 전혀 관심이 없었다. 오히려 세사에 거의 관심이 없는 남궁수가 종종 화가 날 지경이었다.

'엽 소협의 행동은 가끔 이해하기가 쉽지 않다. 하지만 그의 행동은 지금처럼 항상 철저하게 계산되어져 있으니 내가 걱정할 것은 없을 것이다, 그날의 싸움처럼.'

백림산장에서의 싸움, 다시 생각해도 가슴이 뛴다. 구유한 백신공으로 항상 차갑게 가라앉아 있는 마음속의 명경지수에 격렬한 여울이 생겨나 미친 듯 휘돌고 있었다.

이는 근래 많이 안정된 심장의 두근거림과는 다르다.

고통스럽다기보다는 달콤하다.

수차례 비무 중 심득을 얻거나 무공의 새로운 차원을 경험했을 때나 느끼던 열락에 가까운 쾌감에 비교할 만했다.

당연히 엽자건을 바라보는 남궁수의 시선은 예전처럼 무심할 수 없었다. 맑은 호수의 중간에 뜨거운 불꽃이 일렁거렸다. 믿음과 존경에 더한 격렬한 투쟁심이 그 정체였다.

그러자 엽자건과 아옹다옹하면서도 계속 남궁수를 살피던 감요진의 입가에 가벼운 한숨이 담겼다.

'하아! 이럴 것 같더라니! 저년, 자건한테 완전히 빠졌잖

아! 그것도 중증이야, 중증!'

여인의 예감은 가끔 초능력에 가까울 때가 있다.

특히 사랑하는 정인에 관한 사항에는 더욱 그러하다.

감요진은 겉으로 거의 감정을 드러내지 않는 남궁수의 눈 속에 담긴 불꽃을 누구보다 먼저 간파해 냈다. 자신에 못지않는 절세의 용모와 어린 나이를 앞세운 적극적인 구애가 곧 폭풍처럼 펼쳐질 것은 두말하면 잔소리일 터였다.

첫사랑의 폭풍!

무섭고도 집요하다. 생명조차 아낌없이 내던져 버릴 정도로 일방적이며 광포하다. 세상의 어떤 것도 막을 수 없는 노도와 같은 힘을 가지고 있었다.

그게 감요진이 두려워하는 점이었다. 아직 엽자건을 믿지 못하는 일말의 마음과 더불어서.

그때 엽자건이 갑자기 두 여인을 놔두고 앞으로 치고 나갔다. 여태까지의 어슬렁거리던 걸음과는 비교조차 되지 않는 빠르기로 웬만한 신법의 속도에 버금간다.

"엽 소협?"

"자건?"

남궁수와 감요진이 거의 동시에 엽자건을 불렀다. 그러나 대답은 돌아오지 않았다. 그는 이미 두어 번의 도약과 함께 앞서 있던 후기지수들조차 제치고 앞으로 달려가고 있었다.

쉬아아아악!

달릴수록 빨라지는 신법의 정체는 바로 금강부동보의 부풍무영이다.

그 서슬에 유백온이 당소교에게서 떨어져 나왔다. 거의 자신의 곁에 찰싹 달라붙어 걷고 있던 그녀에게서 두어 걸음이나 떨어져 나와 엽자건의 뒷모습을 바라봤다.

이해할 수 없는 열망!

엽자건의 뒤를 쫓아간다. 당장 유운신법을 전력으로 펼치라고 등을 떠민다.

하지만 그는 지나치게 이성적인 사람이었다. 이해할 수 없는 일에는 자동적으로 신중해졌다.

지금 역시 마찬가지다.

그는 엽자건의 뒤를 쫓는 대신 내기를 끌어올려 감각을 주변으로 확장시키는 편을 택했다. 혹시 이변이 벌어질 경우를 대비하는 게 옳다는 이성의 목소리에 따른 것이다.

슥!

엽자건은 단숨에 수백 장을 돌파한 후 멋지게 공중제비를 돌며 바닥에 떨어져 내렸다.

그의 앞에 펼쳐진 광경은 예상과는 많이 다르다. 코끝을 스치는 구수한 냄새 역시 생각했던 것보다 못하고.

'홍구육이긴 홍구육인데 아직 맛이 덜한 홍구육인 건가? 그보다는 저자, 제법 고수인데?

홍구육.

개방의 거지들이 즐겨 먹는 개고기다. 엽자건은 소림사에서 철담협개를 만난 후 몇 차례 얻어먹은 적이 있었는데, 몸보신으로 그만이었다.

하지만 눈앞의 모닥불 위에 걸쳐져 통째로 구워지고 있는 건 그냥 척 보기에도 개구이였다. 홍구육이라 불리기엔 많이 부족했다.

그때 모닥불 앞에 쭈그리고 앉아 열심히 개고기를 굽고 있던 봉두난발의 청년이 엽자건을 힐끗 바라봤다. 그의 느닷없는 등장에도 그리 놀란 것 같지 않다.

무림인, 그것도 일류의 수준을 상회하는 고수가 분명하다. 검댕이 가득한 얼굴임에도 눈이 반짝거린다.

"개고기 싫어하슈?"

퉁명스럽지만 모가 나 보이진 않는 목소리다.

"개고기 싫어하는 게 사내인가?"

엽자건 역시 비슷한 투로 대꾸했다. 뿐만 아니라 봉두난발 청년이 뭐라 하기도 전에 그의 곁으로 다가가 냉큼 주저앉는다. 허례허식 따윈 어디에도 없다.

"크핫! 이거 강호를 떠돌아다니다 보니, 가끔은 이렇게 통쾌한 사내도 만나게 되는군!"

"그보다 대충 익은 것 같은데, 다리 한쪽 뜯어주지?"

"술은 좀 하시오?"

“없어서 못 마시지. 사실은 이미 마시고 있고.”

“헉!”

봉두난발청년이 놀란 기색으로 입을 벌렸다. 어느새 그의 허리춤에 항상 매달고 다니던 호리병이 엽자건의 손에 들려져 입으로 향하고 있었기 때문이다.

“꿀꺽! 꿀꺽!”

시원스레 호리병에 담긴 독주를 몇 모금 마신 엽자건이 씩 이를 드러내 보였다.

“이거 생각보다 독하네?”

“양의 젖을 발효시켜 만든 마유주(馬乳酒)요. 이거 제대로 마시는 사람은 그리 많지 않은데……. 아니, 그보다 왜 남의 술을 제멋대로 가져가는 거요? 확! 한판 뜰까 부다!”

“뜨던가?”

“뭐요!”

버럭 소리를 지르며 당장 자리를 박차고 일어서려는 봉두 난발청년에게 엽자건이 얼른 개다리 하나를 뜯어 던졌다, 아 주 잘 익은 놈으로다.

“헉!”

봉두난발청년이 언제 화를 냈냐는 듯 얼른 개다리를 받아 들었다. 바닥에 떨구면 큰일이라도 날 것처럼 표정에 당황감 이 가득하다.

‘과연 개방 제자로군!’

엽자건이 내심 고개를 끄덕이곤 입가의 미소를 더욱 짙게 했다. 길을 가던 중 발견한 개방의 암호를 더듬어왔다가 대어를 잡은 느낌이었다.

"형제, 철담협개 방주님께서는 별래무양하시오?"

"어, 어찌 사부님을 아시는 거요?"

"사부님?"

"철담협개 이구 방주님은 사적으로 내 사부님이 되시오."

"오! 그럼 이것도 알겠군."

엽자건이 나직한 탄성과 함께 앉은 자세 그대로 공중으로 뛰어올라 권각을 교차시켰다.

연쌍비!

이가흔에게 얻어 배운 개방 비전의 권법이다.

봉두난발청년은 본래 철담협개가 후개 후보로 키운 제자들 중 이가흔과 쌍벽을 이루는 삼절신풍(三絶新風) 목진풍이었다. 연쌍비를 못 알아볼 리 없다.

파파파파팡!

엽자건의 연쌍비가 끝나는 짧은 틈새로 목진풍의 권각이 날아들었다. 연쌍비와 함께 개방을 대표하는 권법인 지척천애권이 펼쳐진 것이다.

흔들.

엽자건 역시 지척천애권을 모르지 않는다. 이가흔을 골리며 빼앗아 배운 게 적지 않았기 때문이다. 다만, 이런 식으로 급습을 당해본 적은 없었다.

스슥!

여전히 공중에 뜬 상태 그대로 엽자건의 신형이 가벼운 잔영으로 흩어졌다.

금강부동보의 부동무상이다.

평생 이 같은 신법을 본 적이 없는 목진풍이 다시 입을 벌렸다.

그러나 그는 이십대 중반이란 나이답지 않게 강호 경험이 무척 풍부했다. 무공의 격차가 나는 상대라 해도 쉽사리 패배를 허용치는 않는다.

뒹굴!

여느 무림인과 달리 두 번 생각할 것도 없이 나려타곤을 펼쳐 몸을 굴린 목진풍이 재빨리 신형을 일으켜 세웠다. 여전히 반짝거리는 눈이 빠르게 주변을 살핀다. 곧 강력한 반격이 있을 거란 판단을 내린 거다.

그는 다시 입을 벌려야만 했다.

언제 격렬한 초수를 나눴냐는 듯 엽자건은 여전히 모닥불 앞에 앉아 있었다. 태연하게 술을 마시고 개고기를 뜯어먹고 있었다. 아예 방금 전의 싸움 자체가 없었던 것같이.

"지금 뭐 하는 거요?"

"한판 뜨자고 해서 떴잖소? 나는 진짜로 철담협개 선배님한테 큰 은혜를 입은 바가 있어서 그분의 제자하곤 싸울 수 없다구."

"그럼 설마 진짜로 사부님한테 연쌍비를 배운 거요?"

"뭐, 비슷하달까? 어쨌든 빨리 이리 오시오. 좋은 술에 고기가 익었으니, 먹고 마셔야지?"

"허!"

나직한 탄성과 함께 목진풍이 엽자건 곁으로 걸어갔다. 한마디 던지길 잊지 않고.

"이걸로 연쌍비를 익힌 걸 어물쩍 넘어갈 생각은 마시오. 연쌍비는 지척천애권과 함께 우리 개방이 자랑하는 절예라 그냥 넘어갈 수는……."

"곧 무림의 꽃다운 소저들이 잔뜩 몰려올 거요. 조금이라도 빨리 이걸 먹고 깨끗이 정리를 해놓는 게 좋지 않겠소?"

"헉! 진짜요?"

"내가 왜 사천에 왔다고 생각하는 거요?"

"사천 무림대회에 참가하려고 온 게 아니오? 오랜만에 전 무림적인 무림대회라서 천하의 모든 이목이 사천으로 향하고 있다고 하던데……."

"그것도 한 가지 이유이겠지만, 내게는 다른 한 가지 볼일이 있소. 아직 내가 혼처가 정해지지 않았거든."

"그럼 설마 이번 기회에 예쁜 소저라도 한 명 꼬셔보겠다는 불측하고 기특한 마음을 품은 것이오?"

"그쪽도 아예 생각이 없는 것 같진 않은데?"

"……."

목진풍은 부인하지 않았다.

대신 그는 얼른 개다리 하나를 뜯어서 입에 물고, 열심히 땅을 파기 시작했다. 엽자건의 충고대로 꽃다운 소저들이 모여들기 전에 개고기를 구워 먹은 흔적을 없애야만 했기 때문이다.

엽자건이 씨익 웃었다.

'이 소저도 그렇고 저 녀석도 그렇고 개방 제자들은 하나같이 읽기 쉬워서 마음에 든단 말야!'

개방.

천하제일대방이자 굴지의 정보력을 갖춘 집단이다. 그곳의 유력한 제자가 굴러들었으니, 쉽게 놔줄 생각은 없었다. 단물을 쫘악 빨아먹을 작정이었다.

잠시 후.

엽자건이 말한 것과는 조금 다른 조합의 후기지수들이 몰려왔다.

유백온을 비롯한 육우를 필두로 한 후기지수들.

꽃다운 소저가 잔뜩 있는 만큼 영준한 청년들도 수두룩했다. 그것도 하나같이 육우와 어깨를 나란히 할 정도의 인재들이었다. 꽃밭 속을 뒹구는 한 마리 호랑나비를 꿈꾸고 있던 목진풍으로선 표정이 심히 안 좋을 수밖에 없다.

"자건 형, 내게 말했던 것과 상황이 좀 많이 다른 것 같지 않소?”

“뭐가 말이오? 설마 저 소저들의 미모론 부족하단 거요?”

“아니, 그런 건 아니지만, 경쟁률이 너무 높지 않소?”

“경쟁률?”

엽자건이 반문과 함께 그제야 깨달았다는 듯 싱긋 웃어 보였다.

“별것도 아닌 일로 걱정이 심하시오. 요즘의 강호 여협들은 남자의 얼굴이 아니라 능력을 본다오. 내 얼굴을 보시오. 제법 그럴듯하지 않소?”

“그야……”

“소싯적엔 여자들이 제법 따르기도 했소만, 강호에 출도한 이후엔 사정이 완전히 바뀌어 버렸소. 오죽했으면 사천까지 달려왔겠소? 본래 여자는 얼굴, 남자는 능력이란 말이 거짓은 아니었던 게요.”

“그, 뭐, 그런 것 같기도 하고.”

여전히 자신없어하는 목진풍의 등을 엽자건이 손바닥으로 철썩 때렸다. 목소리엔 조금 더 힘이 담긴다.

“진풍 형은 딱 보기에도 영웅의 자질이 있고, 당당한 개방의 후개 후보요! 어찌 변변찮은 자들을 보고 마음이 약해지려는 거요. 허리와 등을 쫘악 펴고 활짝 웃으시오. 강호의 꽃다운 여협들에게 자신의 능력을 보여줘야 하지 않겠소?”

“……”

목진풍이 진짜로 허리에 힘을 주고 다소 구부정하던 등을 좌악 폈다. 어느새 엽자건의 말에 홀라당 넘어가 버리고 만 거다.

그리 오래가진 않았다.

느닷없이 앞서 신형을 날려간 엽자건을 발견한 남궁수와 감요진이 일행을 뒤로하고 다가들었다.

마치 선계를 묘사한 그림 속에서 막 튀어나온 것 같은 한 쌍이랄까?

선녀 같은 남궁수와 절세미남이나 다름없는 감요진을 확인한 목진풍의 등이 다시 구부정하니 변했다.

엽자건만 해도 자신과 비교 자체가 안 되는 미남인데, 감요진은 그야말로 남자란 걸 의심할 정도의 외모를 지니고 있었다. 남궁수와 함께 있음에도 별다른 질투가 느껴지지 않을 정도로 말이다.

'진짜로 여자는 얼굴이고 남자는 능력일까? 하지만 저 자식은 능력도 나보단 훨씬 나아 보이는데…….'

그 같은 생각과 함께 목진풍이 넋을 절반쯤 놓아버렸을 때다. 어느새 엽자건 앞에 다가든 두 사람이 축촉하니 젖어 있는 눈빛을 던져 왔다. 누가 보더라도 보통 사이가 아님을 알 수 있는 모습이다.

감요진이 다소 화난 목소리로 말했다.

"어째서 갑자기 내 곁을 떠난 거야? 자건은 내 보표잖아!"

"아! 깜빡했다!"

"뭐얏!"

감요진이 주먹을 들어 올리자 엽자건이 싱긋 웃고는 목진풍을 소개했다.

"개방의 삼절신풍 목진풍 소협이야. 앞으로 천하제일의 개방을 책임질 인중룡(人中龍)이니까 서로 인사들 해."

"인중룡?"

감요진이 눈을 살짝 가늘게 만든 채 목진풍을 바라봤다. 그의 무공 수위를 파악키 위함이었다.

남궁수는 눈에 살짝 이채를 담았다.

개방의 삼절신풍 목진풍의 이름은 후기지수들 사이에선 그리 낮은 위치가 아니었다. 개방옥녀 이가흔보다 오히려 무공이나 협행으로 일찍 이름을 날린 탓에 강북 육우와 비교해도 결코 낮지 않는 명성을 얻은 까닭이다.

'개방의 타구봉법과 강룡장의 위력은 능히 천하제일을 다툴 만하다고 들었는데, 목 소협이 얼마만큼 수습했는지 모르겠구나. 봉법과 장법의 고수는 강호에서도 그리 자주 만나기 어려운데……'

맑은 눈빛, 남궁수의 혼을 빨아들일 듯 아름다운 시선을 접한 목진풍의 얼굴이 화악 붉어졌다. 얼굴이 하도 더러워 티가 나진 않으나 일시 다리에 힘이 풀리는 게 제대로 서 있기 어려울 지경이었다.

그사이 바람을 타고 날아든 삼절신풍 목진풍이란 이름에

놀란 육우가 다가들었다. 특히 유백온과 당소교는 걸음이 조금 빨랐다. 개방제일의 신진 고수 중 한 명인 목진풍과 사귀어서 나쁠 건 없다는 판단이었다.

그러나 목진풍은 더욱 표정이 나빠졌다.

앞선 유백온의 잘생긴 얼굴과 빼어난 기태가 마음에 들지 않았고, 그의 곁에 찰싹 달라붙은 당소교가 미인이란 점이 한탄스러웠다. 곁에 다른 예쁜 소저들이 몇 명 더 있었으나 남궁수와 당소교에 비견할 바는 아니라 여겼다.

'에휴, 예쁜 여자가 잔뜩 있으면 뭘 하나! 이미 잘난 녀석들한테 찰싹 달라붙어 있으니! 역시 여기서 일발역전의 기회를 잡으려면 그 수밖엔 없는 건가?

그 수.

목진풍이 천 리나 되는 길을 내달려서 사천까지 오게 된 진정한 이유였다. 오로지 예쁜 여자를 만나서 장가를 들고 싶다는 일념만으로 사천 무림대회에 참가한 건 아니었던 거다.

그때 유백온이 정중하게 포권해 보였다.

"본인은 무당파의 유백온이라 하오. 삼절신풍 목진풍 형의 명성은 오래전부터 흠모해 왔었는데, 직접 보니 과연 기태가 명불허전인 것 같소이다."

"무당파의 유백온? 강북 육우의 대형인 대로검자 유백온이란 거요?"

"그렇소이다."

유백온이 미미하게 고개를 끄덕여 보이자 목진풍이 갑자기 불쑥 고개를 그에게 들이밀었다. 눈에는 힘까지 잔뜩 들어가 있는 게 시정잡배의 시비나 다름없었다.

살랑!

곁에 있던 당소교의 소맷자락이 가벼운 미동을 보이려다 동작을 멈췄다. 느닷없이 귓전으로 파고든 전음 속에 담겨진 경고성 때문이었다.

[쯔쯧, 그렇게 자기가 좋아하는 남자를 못 믿어서 어쩌려고 그래?]

'이 목소리는……'

당소교의 시선이 엽자건을 향했다. 그 외엔 이런 전음을 보낼 자가 없다는 판단이었다.

그러나 엽자건은 다른 쪽을 바라보고 있었다. 시선조차 주지 않는다.

그때 유백온의 얼굴을 요리조리 살펴본 목진풍이 스윽 뒤로 물러섰다. 입가에는 못마땅한 기색이 완연하다. 생각했던 이상으로 유백온의 기태가 빼어나단 판단이었다.

"강북제일의 후기지수는 과연 대단하구만. 이번 사천 무림대회는 만만치가 않겠어."

"목진풍 형 역시 대단한 기세였소이다. 자칫 검을 빼 들 뻔했으니 말이오."

"빼 들지 않았잖소? 그건 그만큼 자신이 있었다는 뜻일 테지. 나 정도는 언제든 무당파의 후발제인(後發制人)의 수법으로 제압할 수 있다고."

"지나친 과찬이시오."

"과연 그럴까?"

목진풍이 차갑게 미소를 던지곤 속으로 중얼거렸다.

'백림산장에 모인 군웅들이 후금의 정예를 몰살시켰다더니, 유백온 저자가 끼어 있었구나. 뭐, 그래 봤자 실제 싸움은 다른 명숙들이나 고수들이 주로 치렀겠지만.'

반만 맞다.

유백온이 백림산장의 혈전에서 그다지 큰 역할을 하진 못했으나 명숙이나 고수들 역시 마찬가지였다. 엽자건의 철두철미한 지휘가 없었다면 전멸을 당한 건 오히려 백림산장의 군웅들 쪽이었을 터였다.

내심 사천 지역의 개방도들로부터 전해 들은 소식을 떠올린 목진풍이 어깨를 으쓱해 보였다. 일단 엽자건에 이어 유백온을 자신의 경쟁자 중 한 명으로 상정했음은 물론이었다.

그때 평상시와 다름없이 주변을 이리저리 살피고 있던 엽자건이 갑자기 버럭 소리 질렀다.

"배고프다! 배고파! 개다리라도 하나 구워 먹었으면 좋겠는데, 어디 돌아다니는 개새끼 한 마리 없나?"

'헉!'

목진풍이 일제히 표정을 찡그리며 질색하는 표정이 된 여인들을 보고 내심 헛바람을 들이켰다. 어떻게든 엽자건의 못된 주둥이를 막아야 했다.

스슥!

바람같이 엽자건에게 다가간 목진풍이 딱딱하게 굳은 안색으로 말했다.

"개다리 같은 걸로 식사가 되겠소? 내 성도에 도착하면 배가 터지도록 한턱을 내겠소이다."

"진짜?"

"물론이오. 내가 이래 봬도 개방 총단에서 한동안 재무를 맡은 적이 있는 몸이오. 일반 개방도와는 능력 자체가 다른 사람이오."

"오!"

엽자건이 엄지손가락을 치켜세웠다. 그리고 살짝 목소리를 낮춰 말한다.

"철담협개 선배님께 그 부분에 대해선 반드시 함구하도록 하겠소. 혹시라도 재무를 맡고 있었을 때 부정을 저질렀다는 의심을 받아선 안 되니까 말이오."

"그, 그건……."

"하하, 농담이오! 농담!"

엽자건이 어느새 목진풍의 목에 어깨동무하듯 팔을 턱 걸치곤 즐겁게 웃어 보였다. 목진풍의 코를 완전히 꿰어버렸다는 자신감을 한껏 드러낸 것이다.

감요진이 그 같은 엽자건의 모습을 보고 내심 고개를 가로 저었다.

그와 함께하면 할수록 당최 무슨 생각을 심중에 품고 사는지 알 수 없다는 생각이 들었다. 변덕이 죽 끓듯 하는데다 속내를 쉽사리 남에게 잘 드러내지도 않았다.

하지만 한 가지는 알 수 있었다.

'개방의 제자를 포섭한 건 정보를 얻기 위함일 테지. 사천행은 처음이라고 했으니까.'

남궁수는 목진풍이 유백온에게 다가들 때의 보법에 관심을 느꼈다. 그다지 큰 변화가 없었음에도 속도가 상당했다. 만약 개방이 자랑하는 타구봉법과 강룡장이 함께 겸비된다면 상당히 까다로운 상대가 될 거라 여겼다.

'그런데 엽 소협은 정말 사람도 잘 사귀는구나. 나는 남과 일상적인 대화를 나누는 것조차 힘들던데.'

그녀의 착각이었다.

엽자건은 목진풍을 훌륭한 먹잇감으로 여기고 있었다. 앞으로 사천을 벗어나 포달랍궁이 위치한 서장으로 향하는 동안 자신에게 개방의 정보력을 얌전히 제공해 줄.

그때 당소교가 목진풍에게 다가와 질문했다.

"목 소협, 사천 무림대회에 출전하러 오신 것일 테지요?"

"그렇소이다."

"그럼 어째서 성도에 바로 들어가지 않고 이런 곳에 머물러 계셨던 건가요? 성도성은 이곳에서 채 십 리도 떨어지지 않았잖아요?"

"그건……."

목진풍이 바로 대답을 하려다가 얼굴을 다시 붉혔다. 여전히 더러운 얼굴로 인해 가려졌으나 어색함마저 지워질 순 없었다.

'난리 났다! 내가 백림산장의 혈전에 대해서 들은 후에 이곳에서 자기들을 기다리고 있었다는 걸 말한다는 건 정말 낯 팔리는 짓인데…….'

그렇다.

목진풍은 줄곧 백림산장에서 혈전을 벌인 후기지수들을 기다리고 있었다. 사천 무림대회에서 자신의 상대가 될 만한 자들을 파악하는 한편, 예쁜 여협들과 적당히 어울릴 기회를 잡기 위함이었다.

엽자건이 그 같은 사정을 대번에 눈치챘다. 내심 허파가 아파올 정도로 웃겼으나 짐짓 인상을 썼다. 이런 곳에서 목진풍을 웃음거리로 만들 순 없었다.

쫘악!

다시 목진풍에게 다가가 목에 힘줘 팔을 두른 엽자건이 진지한 표정을 유지한 채 말했다.

"진풍 형과는 본래 좀 아는 사이요. 내가 사천 무림대회에 함께 참가하자고 요청했기에 이곳에서 기다리고 있었던 거요."

"정말 그런 건가요?"

당소교가 의심스런 표정을 던지자 목진풍이 언제 안절부절못했냐는 듯 얼른 고개를 끄덕여 보였다. 어느새 그 역시 팔을 엽자건의 어깨에 두르고 있었다. 삽시간에 죽마고우(竹馬故友)가 된 것이나 다름없었다.

[자건 형, 고맙소!]

[나중에 밥뿐 아니라 술도 좀 사시오.]

[사겠소! 열 번 사겠소!]

귓속으로 파고드는 목진풍의 열정적인 전음에 엽자건이 즐겁게 웃어 보였다. 이젠 더 이상 손을 쓸 것도 없었다. 목진풍은 완전히 그의 수중에 들어왔다.

당소교가 살짝 입술을 깨물었다.

'개방의 삼절신풍 목진풍은 만만찮은 상대인데… 또 귀찮은 방해꾼이 하나 더 늘었구나!'

유백온에 대한 일편단심은 점차 당소교를 빠져나올 수 없는 늪으로 밀어넣고 있었다, 그녀 자신도 모르게.

주(註)

*후발제인:뒤에 움직여서 사람을 제압한다는 뜻. 보통 내가기공의 시조라 불리는 무당파 무공의 특징 중 하나로 분류된다.

第三十七章
환골탈태(換骨奪胎)

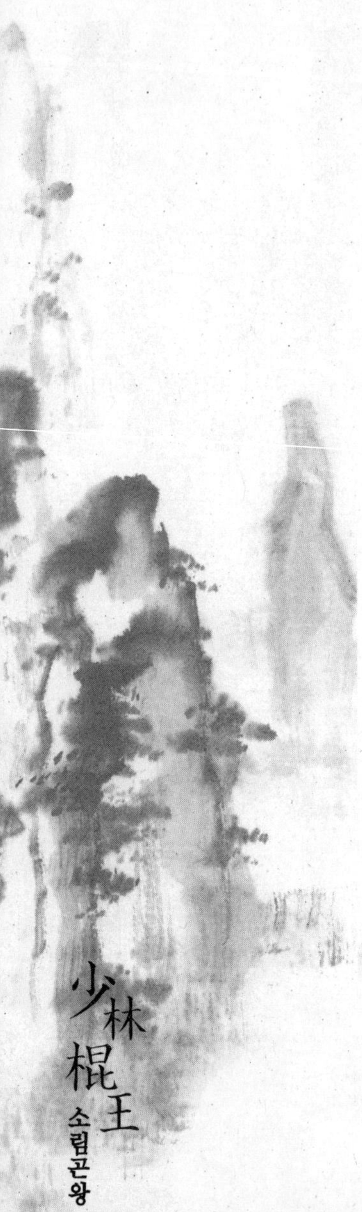
少林棍王
소림곤왕

성도.

거진 칠십여 년 만에 개최된 전 무림 규모의 무림대회의 개최지인 청양궁(靑羊宮) 일대는 사람들로 넘쳐나고 있었다.

본시 도교의 성인인 노자(老子)를 기리는 청정무위의 도관이 삽시간에 시장통처럼 변해 버렸다. 천하의 무림인들이 모조리 사천의 성도로 모여드는 장관을 구경하기 싫어할 사람은 누구도 없었기 때문이다.

"대단하군!"

엽자건은 성도에 들어서 청양궁으로 향하는 사이 몇 차례

나 눈을 빛냈다.

엄청나게 모여든 인파만 보면 오늘 당장 사천 무림대회가 개최된다 해도 결코 놀라지 않을 것 같다. 내심 사천을 중원의 변방이라 낮춰보고 있던 그에겐 문화적인 충격이라 아니할 수 없다.

감요진이 엽자건에게 설명하듯 말했다.

"본래 이곳 성도는 후한의 삼국시대로부터 융성했던 곳이야. 자건이 있던 소항과 비교해도 결코 떨어지지 않을 만큼 유서가 깊다는 뜻이지."

"그래도 문화적으론 소항과 비교할 수 없지. 여자들의 미모하고."

"여자들의 미모라… 성도에 들어온 후 그런 것만 살폈나 보지?"

"볼 건 다 봤지."

어깨를 으쓱거리며 대답하는 엽자건을 향해 감요진이 고개를 흔들어 보였다. 시간이 가면 갈수록 능청맞아진다는 생각이 들어서다.

그때 청양궁 쪽에서 일단의 무림인들이 몰려나왔다.

멀리서도 눈에 확 들어올 만큼 기세등등한 등장에 길가에 잔뜩 모여 있던 장사꾼이며 구경꾼들이 놀라서 분분히 사방으로 흩어졌다. 청양궁으로 몰려들던 무림인들의 숫자가 얼마나 되든 신경을 쓰지 않던 여태까지와는 꽤나 다른 모습들이다.

목진풍이 나직이 중얼거렸다.

"사천당가 등장이시로구만!"

엽자건 역시 비슷하게 생각하고 있었으나 짐짓 전혀 모르는 척 질문했다.

"진풍 형, 어떻게 저들이 사천당가의 무인들이란 걸 알아본 것이오?"

목진풍의 눈이 살짝 깔보는 기색을 띠었다. 내심의 득의만면함 역시 숨기지 않고 그대로 드러낸다.

"자건 형도 참 한심하오. 어찌 사천 무림대회까지 출전한 마당에 주최측인 당가 무인들의 특징도 모른단 말이오?"

"내가 본시 그렇소. 그래서 고명한 진풍 형의 고견을 이렇게 세이경청(洗耳敬聽)하려 하지 않소이까?"

"세, 세이경청?"

"잘 듣겠다는 뜻이오."

"진작에 그리 말할 것이지!"

목진풍이 목청을 높이다 주변을 재빨리 살폈다. 혹시라도 자신의 무식함이 여협들한테 탄로날까 봐 걱정이 된 거다.

엽자건이 재차 질문했다.

"그래서 당가 무인들은 어찌 알아본 것이오?"

"크흠! 세, 세이경청하시게. 당가의 무인들은 본래 여러 종류의 옷을 걸치는데, 반드시 장포에 특별한 표식을 한다네."

"전갈 무늬 말이오?"

"그렇지! 눈이 좋구만."

"덕분에. 그런데 장포에 전갈 무늬가 없는 사람도 있소이까?"

"있지. 만약 강호를 횡행하다 그런 자를 만나면 절대로 무례를 범해선 안 되네."

"어째서 그렇소?"

"당가에선 가주나 장로 급 이상의 고수만 자기 마음대로 행동할 수 있거든. 그러니까 얼마나 무시무시하겠나?"

"흠."

엽자건의 뇌리로 전날 만났던 독존 당무양이 스쳐 갔다.

진짜 무서운 고수!

어떤 의미론 개방 방주인 철담협개보다 더 무섭다는 생각이 들었다. 아니, 확실하다. 무공만으론 비등할지 모르나 당무양에겐 방비가 어려운 독공과 암기술이 있기 때문이다.

'그러니 오패군의 수장이겠지! 그러고 보면 그때 그 노선배를 그냥 보낸 건 정말 아쉬웠어. 어떻게든 빌붙기만 했으면 중간에 백림산장에서 그런 개고생을 하지 않을 수도 있었을 텐데.'

전혀 아니다.

그는 당시 싸움을 즐겼다. 오랜만에 다시 전장의 주인이 되어 마음껏 피투성이 싸움을 벌이며 형언할 수 없는 쾌감을 느졌다. 진실로 살아 있는 느낌을 만끽한 것이다.

역근경과 세수경!

소림사의 양대 보경을 한 몸에 지니고서도 끊기 어려운 천살의 기운, 피의 갈구가 그를 환호작약케 만들었다. 분명 그랬다.

그래서인지 엽자건은 더 이상 감요진을 지키기 위해 사천 무림대회에 참가했다고 자기 자신을 속이지 못했다. 어떻게든 멀지 않은 때에 다시 칠마와 목숨을 걸고 싸워보고 싶었다. 그들과의 싸움을 떠올리는 것만으로도 피가 마구 끓어오르고 있는 것이다.

그때 목진풍의 말대로 사천당가의 무인들이 지척까지 이르렀다.

이유가 없을 리 없다.

그들의 수장 되는 삼십대 후반의 사내가 멀찍이 떨어져 있는 당소교와 눈인사를 한 후 곧 우렁우렁한 목소리로 말했다. 웅혼한 내력이 강하게 느껴진다.

"본인은 당가의 철혈대(鐵血隊) 대주인 당준이라 하네! 이번 사천 무림대회의 안전과 경호 책임을 맡았으니, 잘 부탁드리도록 하겠네!"

'십삼성 중 한 명이자 십여 년 전 사천제일의 후기지수라 불리던 철혈대주 십수살(十手殺) 당준!'

목진풍이 다소 놀란 기색이 되었다. 설마 당가에서 이번 사천 무림대회에 주력 무력 집단 중 최강이라 불리는 철혈대와 최강의 고수인 당준을 투입했으리라곤 예상치 못했기 때문이다.

놀라기는 다른 후기지수들 역시 마찬가지였다.

십수살 당준이라면 사천당가에서도 세 손가락 안에 꼽히는 고수로 십삼성 중에 당당히 이름을 올리고 있는 대고수였다. 굳이 수준을 따지자면 남궁수나 유백온의 십여 년 후의 모습이라 할 수 있을까?

비록 당가의 직계가 아닌 방계라곤 하나 명성과 무공만큼은 무림 최정상 급이었다.

우르르르르!

선두에 서 있던 후기지수들이 앞다퉈 당준 쪽으로 몰려갔다. 체면이고 염치고 다 내팽개친 것 같다.

"후배들이 십수살 당준 선배를 뵙습니다!"

"평소 명성을 흠모하고 있었습니다! 많은 가르침을 내려주시기 바랍니다!"

"당준 선배님! 보고 싶었습니다!"

후기지수들의 엄청난 환호성 속에 유백온을 비롯한 육우 역시 조금 늦게 움직임을 보였다. 그들은 다른 후기지수들과 신분이 다르다. 조금쯤은 예의를 차리는 게 당연하다.

당준 역시 제일 먼저 달려든 자들에겐 관심이 없어 보인다. 몇 차례 고개를 끄덕이는 것으로 적당히 인사를 받은 그가 다시 당소교를 곁눈질한 후 시선을 유백온에게 고정시켰다.

당가에 표식이 있다면 무당파의 제자 역시 마찬가지다.

소맷자락의 푸른 소나무 문양.

화산파의 매화 문양과 함께 천하에서 가장 유명한 문파의 표식 중 하나라 할 수 있겠다.

'대로검자 유백온! 과연 무당파의 태극검성 풍암 진인이 전심전력으로 키워낸 인재라더니, 기태가 대단하구나. 콧대 높은 소교 녀석이 홀딱 넘어간 것도 무리는 아니야.'

당준이 내심 고개를 끄덕거리고 있을 때였다. 후기지수들이 열어준 길을 통해 천천히 앞으로 나선 유백온이 정중하게 포권지례를 올렸다.

"무당파의 유백온이라 합니다."

"반갑네. 주변이 번잡스러우니 나와 함께 청양궁으로 가세."

"그래도 되겠습니까?"

"하하, 강북 육우에게 굳이 배첩이 필요하겠는가?"

"다른 친구들도 함께입니다. 함께 가도록 해주시면 감사하겠습니다."

"그러도록 하세."

당준이 짐짓 호탕하게 허락했다. 굳이 강북 육우를 지칭하긴 했으나 이곳에 모인 자들 중 만만한 뒷배경을 가진 기재는 없었다. 조금쯤 편의를 봐준다고 해서 나쁠 건 없다는 판단이었다.

그때 당소교의 입술이 가볍게 움직였다. 전음이다.

[숙부님, 이곳에 파천마곤 보종의 제자가 끼어 있습니다!]

[파천마곤의 제자! 누구냐?]

[맨 뒤쪽에 있는 자입니다.]

당준의 검미가 일순 하늘로 향했다. 만면에 가득하던 호탕한 미소 역시 흔적도 없이 사라졌다.

전날 보종은 사천에 왔다가 언제나와 다름없이 몇 가지 사고를 쳤다. 당시 사천에서 가장 잘 나가던 몇 명의 후기지수와 고수들을 박살내 놓은 것이었다.

그때 보종을 막기 위해 나선 자가 당준이었는데, 그만 일패도지하고 말았다. 보종 역시 십삼성에 속해 있긴 하나 자존심에 깊은 상처를 입고 말았다. 삼십대 초반의 나이에 천재로 자신만만했던 그가 최초로 인생의 쓴맛을 보게 된 대사건이었다.

슥!

일순 당준의 신형이 공중으로 솟구쳐 올랐다.

제대로 된 회전도 없이 한차례 도약으로 삼 장의 거리를 단축하는 신기를 보여준 것이다.

"와아!"

"야아!"

후기지수들 중 몇 명이 탄성을 터뜨렸다. 이런 정도의 경공은 그들의 사부나 부모에게조차 본 바가 없었다. 갑자기 보게 되자 입을 크게 벌리지 않을 수 없었다.

목진풍은 긴장하면서도 내심 즐거웠다.

자신이 당준을 알아봤듯이 그 역시 삼절신풍 목진풍을 간파했다는 생각이 들었다. 유백온을 비롯한 명문의 후기지수들을 제치고 자신을 보기 위해 당준이 신형을 띄워 올린 거라 판단한 것이다.

그의 자세가 자연스레 변화했다.

구부정하던 등이 펴지고 얼굴에 오만한 기운이 번져 나왔다. 여태까지 엽자건을 만난 후 당했던 은근한 무시를 이번 기회에 털어버릴 수도 있을 것 같다.

"하하, 후배는 개방의 삼절신풍 목……."

"이놈! 어디 솜씨 한번 볼까?"

"…진풍인데, 오잉?"

목진풍이 활짝 미소 지으며 당준 쪽으로 나서다 화들짝 놀란 표정이 되었다. 삽시간에 후기지수들을 뛰어넘은 당준의 소맷자락이 번개가 무색할 빠르기로 휘저어지고 있었기 때문이다.

당가 비전의 암기술!

그것도 십암에 속하는 절정의 경지가 펼쳐졌다. 목진풍이 비록 무공에 자신이 있다 하나 대경하지 않을 수 없었다. 한 가지 다행스런 점이라면 당준의 목표가 그가 아니란 거랄까?

그래도 그는 재빨리 나려타곤을 펼쳤다.

일단 목숨부터 구하고 볼 일이란 판단이었다.

데굴! 데굴!

그렇게 수장을 구르고서야 신형을 일으켜 세운 목진풍이 곧바로 허리춤의 청죽봉을 빼 들려다 입을 딱 벌렸다. 눈 역시 더할 나위 없이 커진다.

"뭐야? 저거!"

그를 놀라게 한 광경!

순속의 빠르기로 당가 십대 암기 중 하나인 탈명수라표(奪命修羅標)를 던진 당준이 뒤로 회전하며 물러서는 광경이었다. 어떻게 보면 날아들 때보다 더욱 빠른 속도다.

그렇다면 그의 소매 속에서 튀어나온 탈명수라표는?

패애애앵!

어느새 귓전을 괴롭히는 굉음과 함께 공중으로 숏구치더니, 크게 맴을 돌며 회전하고 있었다. 마치 천공 위에 뜬 채 먹잇감을 노리고 있는 독수리 같은 모습이다.

그때다. 공격을 당한 당사자인 엽자건을 대신해 당준을 창룡육격참의 천망일단으로 반격한 남궁수가 바람같이 앞으로 튀어나갔다. 엽자건과 함께 있던 중 무의식적으로 애검 청류하를 뽑아 든 거다.

검객이 검을 뽑아 들었다. 여하한 일이 있더라도 쉽사리 끝을 볼 리 만무하다. 그 상대가 비록 당가가 자랑하는 십수살 당준이라 해도.

'쯧! 게다가 검을 뽑은 상대가 남궁 소저라면 더욱 그러할 테지. 그녀는 진짜 검객이니까.'

엽자건이 나직이 혀를 찼다.

그는 탈명수라표가 날아들자마자 감요진을 옆으로 밀어내고 패왕검을 뽑아 들었다. 무의식적으로 그리했다.

덕분이랄까?

간발의 차로 탈명수라표의 직격을 막아냈으나 남궁수가 앞으로 나서는 것까지 막을 순 없었다. 천공으로 튕겨 올라간 탈명수라표가 재차 자신을 공격해 올 것을 알고 있었기 때문이다.

그사이 당준과 남궁수는 번개 같은 십여 합의 교합을 가졌다. 탈명수라표를 공중으로 띄운 상태로 빈손이 된 당준을 남궁수가 창룡육격참으로 거침없이 공격하는 형태였다. 어떻게 보면 완전히 당준은 남궁수의 청류하에 밀리고 있는 것 같았다.

그러나 남궁수가 능숙하게 청류하를 붕산뇌정에서 회륜망망으로 전환하려 할 때였다.

그녀가 청류하의 검신을 손가락으로 건드리며 조금 시간을 지체한 순간, 새로운 변화가 발생했다. 여태까지 뒤로 밀리기만 하던 당준의 손가락이 앞으로 쑥 튀어나오더니, 청류하의 검신을 먼저 튕겨 버린 것이다.

티앙!

남궁수의 신형이 일순 가벼운 흔들림을 보였다. 자칫 청류하가 손을 벗어나 날아갈 뻔했다. 그 정도의 힘이 당준의 탄지에는 실려 있었다.

'여기까진가? 당가의 제대로 된 암기술을 상대해 볼 절호의 기회를 그냥 흘려보내는 것도 아까운 일이니까.'

엽자건이 내심의 부르짖음과 함께 여태까지의 느긋하던 자세를 바꿨다. 발끝으로 가볍게 지축을 찍더니, 쏜살같이 앞으로 튀어나간다. 여전히 손에는 패왕검이 역수검의 형태로 쥐어져 있었다.

쉬악!

당연히 검의 이동 역시 역수검의 형태를 띤다. 전장에서 적아를 구별할 수 없는 백병전에 들어갔을 때 주로 사용하던 살육지검!

그렇다 해도 그 속에는 소림 무학의 정화 중 하나인 참마육합도(斬魔六合刀)의 진결이 담겨져 있다. 본래 마를 징벌하는 칼날이니, 전장의 아수라장을 정리하기엔 이상적이다.

스파앗!

재차 남궁수의 청류하를 공격해 공수탈검을 완성시키려던 당준의 눈매가 가늘어졌다.

느닷없이 엽자건이 사각으로 파고들어 오는데 기세가 자못 매서웠다. 남궁수도 그렇더니, 어째 범같이 무서운 후배들이 잔뜩 생겨난 것 같다.

'그런데 왜 곤이 아니라 검인 건데? 게다가 저건 검법이라기보다는 도법에 가까운 형태잖아!'

생각은 길고 행동은 빨랐다.

다시 당준이 신형을 기쾌하게 이동시켰다. 본신의 끈적거리는 진력으로 잡아두고 있던 남궁수를 포기하고 본래 목표였던 엽자건에게 맞서갔다.

파파팟!

순간적으로 엽자건과 당준의 신형이 얽혔다가 떨어졌다. 엽자건의 참마육합도가 당준의 소맷자락을 난도질했고, 그의 탈명수라표는 기회를 잡았다는 듯 곧장 떨어져 내렸다.

목표는 엽자건의 정수리!

뒤로 물러나 있던 남궁수와 감요진이 대경해 소리질렀다.

"엽 소협!"

"자건!"

목진풍은 차마 보지 못하고 눈을 질끈 감았다. 후일 진심으로 후회할 짓이었다.

따당!

맑은 소음과 함께 당준이 다시 몇 걸음 뒤로 물러섰다.

그의 수중에는 어느새 회수된 탈명수라표가 들려져 있었다. 엽자건의 정수리를 노렸던 암기는 결국 임무를 완수치 못한 것이다.

엽자건 역시 그를 다시 공격하지 않았다. 저 멀리서 또다시 몇 무리의 무림인들이 몰려오고 있었다. 기세가 당준이 이끌던 철혈대와 비교해도 결코 못하지 않다.

"과연 보종 대사의 제자가 맞는 것 같군."

"훌륭한 암기술이었습니다."

"나와 최후까지 손속을 나눴다 해도 그 같은 말을 할 수 있었을까?"

"그건 모를 일이지요."

엽자건의 태연한 대답에 당준이 미미하게 고개를 끄덕여 보였다.

일순 느꼈던 섬뜩한 느낌!

사천의 패주인 당가의 최전방을 책임진 역전의 고수답게 그는 알 수 있었다, 방금 전 자신이 했던 말을 진짜로 실행에 옮겼다면 반드시 목숨을 걸어야만 했었다는 것을.

'천룡위주의 자리는 어쩌면 유백온이나 남궁수가 아니라 보종 대사의 제자가 차지하게 될지도 모르겠구나. 하지만 그 전에 나란 관문을 뛰어넘어야만 할 것이다.'

내심 염두를 굴린 당준이 여전히 청류하를 손에 들고 있는 남궁수를 눈으로 살피곤 한차례 고개를 끄덕여 보였다. 그녀의 절세적인 용모와 검법으로 이미 정체를 간파한 상태다.

"자네는 창룡검가의 검후 남궁수일 테지?"

"그렇습니다."

"훌륭한 창룡육격참이었네. 하지만 암기와 독공의 고수를 상대할 때는 조금 더 주의하는 것이 좋을 것이야."

"…아!"

남궁수가 이미 시커멓게 물들어 버린 청류하의 검신을 발견하고 입을 가볍게 벌렸다. 방금 전 당준에게 탄지를 당하며 이미 중독된 게 분명했다.

으쓱!

한차례 어깨를 추어 보인 당준이 입술을 달싹거렸다. 전음으로 남궁수에게 청류하의 검신에 묻은 독을 제거하는 방법을 몰래 가르쳐 준 거다.

그사이 철혈대가 장악하고 있던 거리에 도착한 몇 무리의 무림인들이 후기지수들을 불러들였다.

미리 성도에 도착해 있던 유수의 명문정파들.

그들은 뒤늦게 백림산장에서의 혈전을 전해 듣고 크게 놀랐다. 사상자가 적지 않았다. 그중 후기지수도 상당수 포함되어 있었고. 사람을 보내 자문파의 제자들과 자제들을 미리 호위하게 하는 것도 무리는 아닐 터였다.

그렇게 주변이 정리되어 가자 당준이 아쉬운 표정으로 엽자건에게 말했다.

"자네도 나와 함께 가는 게 어떤가? 가주님과 다른 명숙들에게 내가 직접 인사를 시켜줄 테니까."

"죄송합니다만 선약이 있어서요."

"선약?"

"예, 친구가 밥과 술을 사기로 했거든요."

"……."

당준이 잠시 못마땅한 표정으로 엽자건을 바라보다 곧 신형을 돌려세웠다. 두 번 권하지 않고 다시 철혈대의 대주로 돌아간 것이다.

점점 멀어져 가는 몇 개의 무리.

아쉬움이 가득한 표정인 목진풍의 어깨에 엽자건이 대뜸 팔을 걸쳤다. 이젠 아주 자연스럽다.

"진풍 형, 이제 그만 약속했던 대로 밥하고 술을 먹고 마시러 갑시다."

"엥? 설마 그 약속이란 게 나와 했던 그거였소?"

"난 성도가 초행이오. 진풍 형과의 그거 말고 다른 약속을 잡을 틈이 있었겠소?"

"하지만 고작 그런 약속 때문에 십수살 당준 선배와 함께 동행할 기회를 포기한 건 바보 같은 짓이 아니오?"

"진풍 형과의 약속이오. 어찌 고작이란 말을 쓰시는 거요?"

"……."

목진풍이 일시 아무런 말도 못하게 되었다. 엽자건이 노골적으로 얼굴에 금칠을 해주는 통에 정신이 크게 혼란스러웠다. 방금 전 꽃다운 여협들과 헤어지게 된 아쉬움조차 쉽사리 느낄 수 없을 정도였다.

그때 감요진이 속시원하단 표정으로 다가왔다. 남궁수가 당준에 이어 몰려온 무림 세력들 중 끼어 있던 창룡검가 일행과 함께 청양궁으로 떠나간 게 원인이었다.

"자건, 진짜로 사천 무림대회에 참가할 작정이야?"

"물론."

"내 보표라며? 사천 무림대회에 참가하는 게 내 안전과 무슨 관련이 있는 건데?"

"아주 큰 관련이 있지."

"그래도 설명해 주진 않을 거지?"

"물론."

엽자건이 언제나와 같은 대답과 함께 목진풍을 다시 재촉했다.

"진풍 형, 배가 등짝에 달라붙었소! 성도에 도착하면 맛보게 해준다던 산해진미는 다 어디에 있는 거요?"

"알겠소! 알겠어! 내 사면 되지 않소! 그런데 어째서 얘기가 이렇게 흘러가는 거요? 어째서 내가 사천의 성도까지 와서 나보다 잘생긴 사내들한테 밥하고 술을 사야 하는 거냔 말이오?"

"운명이라 생각하시오."

"그런 운명이라면 거부하겠소!"

"그리고 혹 아오. 우리와 함께 있다 보면 진풍 형한테 좋은
일이 있을지?"

"……."

노골적인 엽자건의 말에 목진풍이 입을 다물었다. 굳이 큰
소리로 떠들지 않아도 안다. 아주 그냥 끝내주는 미남들과 함
께 있다 보면 떨어질 콩고물도 있으리란 걸.

'제길! 이 여우 같은 놈! 어째 잘생긴 주제에 무공도 고강
하고, 잔머리까지 이렇게 잘 돌아가냐고!'

내심의 투덜거림과 달리 목진풍이 순해진 얼굴로 걸음을
옮기기 시작했다. 어찌 됐든 그 역시 배가 고프다. 식사는 해
결한 후 뭔가 해도 해야 할 것 같다.

'이상한 사내들!'

감요진이 내심 고개를 가로젓곤 얼른 그 뒤를 따랐다.

*   *   *

성도를 앞에 둔 냉고성의 얼굴에는 피로의 기색이 그늘처
럼 드리워져 있었다.

지난 십여 일은 그의 일생을 통틀어도 찾기 어려울 정도로
힘든 나날이었다. 백림산장에서의 싸움에서 삼백이 넘는 황
천살검대를 잃어버렸고, 두진양과 부탄은 부상을 당했다. 모
든 책임을 그의 양어깨에 짊어질 수밖에 없어진 거다.

더불어 한 가지 의혹 역시 인다.

'어째서 두진양과 부탄의 상세가 나날이 나빠져 가는 건지 모르겠구나. 처음에는 별 대수롭지 않은 부상이었거늘.'

근래 가장 신경 쓰이는 바였다.

백림산장에서의 싸움 중 엽자건과 맞닥뜨린 두진양과 부탄이 당한 부상은 그리 심한 게 아니었다. 두진양은 가벼운 내상이었고, 부탄은 어깨에 화살을 맞았을 뿐이었다.

당연히 십여 일간 적절한 조리를 취했으니, 완쾌까지는 아니더라도 상세가 크게 호전되었어야만 했다. 이미 초절정의 경지에 이르거나 근접한 그들의 무공 수위를 생각하면 그것도 조금 낮춰 잡은 거라 할 수 있었다.

그런데 그들의 상세는 시간이 갈수록 심해지고 있었다. 전혀 나아질 기미가 보이지 않았다.

이유를 생각하지 않을 수 없다.

냉고성은 엽자건과 직접 맞상대한 후 뒤늦게 내상의 징후를 포착한 두진양이 한 말에 주목했다. 예상 밖으로 엽자건의 내공이 고강하고 괴이하다던.

'정말 그 애송이의 괴이한 내공 때문이란 말인가? 하지만 당시 그 녀석의 무공은 분명 나나 두진양의 아래였거늘.'

분명 그랬다.

초절정의 경지에 오른 안목으로 살핀 것이기에 틀림이 없었다. 부탄이라면 몰라도 두진양이나 자신의 상대는 결코 될 수 없는 무공 수위였다.

그게 냉고성을 고심하게 만들었다.

본래 잔혹한 성품에 가려져 있긴 하나 그는 매우 이성적인 사람이었다. 어떤 일이든 반드시 머리로 먼저 생각한 후 움직였고, 절대 손해보는 싸움을 하지 않았다. 무공에 대한 욕심이 있었으나 목숨을 걸 정도는 아니기도 했다.

그런 그가 근래 유일하게 집착하게 된 게 감요진이었다.

그녀를 취할 수만 있다면 다른 건 무엇이든 상관없었다. 무림에서의 명예나 부귀영화 역시 관심 밖이었다. 어차피 크게 중시 여긴 적도 없었다.

그런데 하필이면 그 감요진을 지키고 있는 엽자건에게 이성적으로 이해할 수 없는 내공이 존재하고 있었다. 어떻게든 제거해야 할 대상을 직접 손을 쓰지 못하게 된 거다.

'역시 두진양과 부탄을 어떻게든 이용할 수밖에 없는 것인가? 하지만 그놈들은 이미 그 애송이 녀석을 크게 경계하고 있는데 어떻게 수를 쓰지? 헉!'

문득 냉고성의 고심하는 심중 속으로 기이한 목소리가 파고들어 왔다.

[천하의 잔혹마군 냉고성이 별걸 다 걱정하는군. 내가 도와줄까? 그런 녀석들 대신에?]

냉고성은 잠시 심마를 의심했다.

그럴 수밖에 없다.

그의 심중 속에서 느닷없이 울려 퍼진 목소리는 일반적인 전음입밀 따위가 아니었다. 귓전이 아니라 머리, 그 자체에서 자연스레 떠올랐다. 사실 목소리란 것도 그냥 느낌일 뿐이다. 순간적으로 머릿속에 떠오른.

'이 무슨!'

냉고성이 내심 경호성을 발하면서도 심살기를 극한까지 일으켜서 자신을 보호했다. 내기를 확장시켜 주변을 샅샅이 살펴간 것은 물론이었다.

그러나 그는 곧 자신이 바보 같아졌다. 어떠한 인기척도 느낄 수가 없었다. 자신과 부근의 두진양, 부탄을 제외하곤. 그를 긴장시킬 만한 고수의 존재는 전혀 감지되지 않았다.

그때 다시 냉고성의 심중에서 목소리가 울려 퍼졌다.

[소심하긴! 바보 같기도 하고. 스스로도 심마를 의심하고 있는 상황에서 어찌 내기를 일으킨 건가? 설마 그런 걸로 내 위치를 간파할 수 있다고 여긴 건 아닐 테지?]

이젠 분명해졌다.

냉고성은 심마에 빠진 게 아니었다. 그의 심중에서 울려 퍼진 목소리의 정체는 상상을 초월하는 절대고수였다. 초절정 고수인 그조차도 도저히 상대할 엄두조차 내지 못할 정도로 압도적인 무력을 지닌.

누가 있을까?

제일 먼저 떠오른 건 곤왕 유대유와 황천기주였다. 그 두

사람은 하늘을 찌르는 자부심을 지닌 칠마라 해도 감히 어찌
해 볼 수 없는 절대의 고수였다.

냉고성은 내심 고개를 가로저었다. 절대 두 사람은 아니란
판단이었다. 될 수가 없었다. 그들의 기질이나 위치로 볼 때.

그때 문득 떠오르는 다른 인물이 있었다. 그리고 바로 그때
였다.

"쿠엑!"

한쪽 나무에 기댄 채 골골거리고 있던 부탄의 입에서 피화
살이 터져 나왔다. 시커먼 피다, 완전히 죽어 있는.

스르륵!

더불어 부탄이 바닥에 주저앉았다. 아니다. 몸이 크게 부
풀어 오르더니, 곧 흐물거리며 녹아내렸다. 시커먼 피를 한
사발이나 쏟아낸 후 아예 몸 자체가 촛농으로 변한 것처럼 땅
으로 돌아가 버렸다.

두진양의 반응은 조금 달랐다.

그는 언제 내상으로 고생했냐는 듯 신속하게 신형을 박차
며 공중으로 뛰어올랐다. 부탄이 피화살을 토해낸 것과 거의
동시에 벌어진 일이었다.

그리고 사방으로 쏟아낸 무형의 장력!

두진양의 몸 주위로 일순 거대한 강기의 막이 형성되었
다.

일단 특기인 이혼채양미심귀공을 일으켜 몸을 보호한 후

무형의 장력을 있는 대로 쏟아낸 거다.

확산되는 노도와 같은 장력 속에서 은은한 뇌음이 인다. 폭풍 역시 몰아친다. 일시 냉고성조차 감탄할 정도의 완벽하고 강력한 대응이었다.

소용없는 짓이었다.

극한까지 이혼채양미심귀공을 끌어올렸던 두진양이 공중에서 역시 몸을 크게 부풀리더니, 펑 소리와 함께 폭발해 버렸다. 마치 몸속의 진기를 순간적으로 격발해 동귀어진하는 마공이 발동한 것과 다름없이 말이다.

"두진양!"

냉고성이 자신도 모르게 버럭 소리질렀다. 자신과 같이 이름을 날리던 칠마 중 일좌다.

비록 별다른 친분을 나눈 바 없으나 그 죽음이 이런 식이어선 안 된다. 곤란하다. 자신의 자존심이 그걸 쉽사리 허락할 수 없었다.

촤라라라락!

냉고성의 수중에 만리지도가 쥐어졌다.

심살기 역시 다시 극한까지 일어났다. 당장 천지를 양단해 버릴 정도의 기운이 넘실거린다.

그때 다시 목소리가 들려왔다. 나직이 혀를 찬다.

[쯔쯧! 그래도 칠마 중 나름 똑똑한 자인 줄 알았더니, 아까운 목숨을 그냥 내동댕이치려는 건가?]

냉고성의 시선이 흔들렸다.

정말 시의적절할 때 다시 목소리가 들려왔다. 일순 격분으로 날아가 버릴 뻔했던 냉정을 찾을 수 있었다. 이성적으로 생각할 땐 분명 그랬다.

"후욱!"

한차례 거친 호흡과 함께 냉고성이 만리지도를 밑으로 내려뜨렸다. 이미 심살기 역시 흔적도 없이 사그라진 지 오래다.

"내 패배를 인정하겠소! 더 이상 나는 저항할 생각이 없으니, 지금 당장 나타나서 죽이든 살리든 마음대로 하시오!"

"과연 준걸이로다."

이번 목소리는 심중에서 일어난 게 아니다. 평범하게 귓속으로 파고들어 왔다.

더불어 일어난 한 가닥 미풍.

어느새 냉고성의 앞에는 육 척이 조금 안 되어 보이는 중키에 하얀 피부, 독특한 금안을 한 삼십대가량의 사내가 모습을 드러내고 있었다.

'대… 법대불왕!'

냉고성의 볼살이 푸들거리며 떨렸다.

예상대로다. 나중에 떠올린 것처럼 눈앞의 사내는 서장의 신이라 불리는 대법대불왕이었다. 그는 황금대불마차와 함께 중원을 떠나지 않았던 거다.

대법대불왕이 히죽 웃었다.

"놀랐는가? 하지만 이해는 하고 있겠지? 내가 어째서 저 떨거지들을 한꺼번에 죽였는지 말야."

"그, 그럼 어째서 나는 죽이지 않은 것이오?"

"우선 바닥에 엎드리기부터 하지?"

"크헉!"

갑자기 냉고성이 내장이 끊어지는 통증을 느끼고 바닥에 주저앉았다. 오한 역시 일었다. 온몸이 부들부들 떨리고 정신이 멀어질 것 같은 게 죽음을 목전에 둔 사람이나 다름없었다.

"어, 어떻게 이런 말도 안 되는 일이……."

대법대불왕이 여전한 미소를 입가에 매단 채 어깨를 한차례 으쓱해 보였다.

"별거 아냐. 황천기주가 마교의 천참만류멸신공을 자네 몸속에 심어놨는데, 내가 그걸 조금 건드린 거랄까?"

"마, 마교… 황천기주가 고대 마교와 관련있었단 말이오? 크헉! 크아악!"

대법대불왕에게 어렵사리 질문하던 냉고성이 잇달아 비명을 터뜨리곤 바닥을 데굴데굴 구르기 시작했다.

초절정고수이자 잔혹한 심사로 이름 높던 그이나 신조차 죽일 수 있다고 알려진 천참만류멸신공이었다. 이 천하의 마공이 발동하자 어떤 행동도 할 수 없었다. 그저 지옥에 빠진 듯한 고통 속에서 발버둥칠 따름이었다.

그 모습을 잠시 재밌다는 듯 바라보던 대법대불왕이 문득 손가락을 한차례 튕겼다.

따악!

그와 함께 거짓말처럼 멈춘 고통.

괴성에 가까운 비명과 함께 바닥을 맹렬히 구르고 있던 냉고성이 몇 차례 호흡과 함께 신형을 일으켜 세웠다. 입가엔 어느새 피 자국이 완연하나 눈에는 평소완 다른 힘이 실려 있었다. 살기다.

대법대불왕이 고개를 저어 보였다.

"소용없는 짓이란 걸 알잖나, 자네 몸에 마교의 잔재를 심어놓은 게 본왕이 아니란 것도 알고."

"그럼 말해주시오. 어째서 날 살려놓았는지. 또한……."

"어떻게 자네 몸속에 깃들어 있는 천참만류멸신공을 마음대로 조종할 수 있는지를?"

"…그렇소."

대법대불왕이 다시 어깨를 한차례 추어 보였다. 입가의 미소 역시 여전하다.

"대충 자네도 예상했겠지만, 포달랍궁에도 황천기주의 간세가 잔뜩 모여 있더라구. 그래서 그동안 어떻게 이놈들을 한꺼번에 쓸어버릴지를 고심했는데, 이번 중원행에서 아주 좋은 방법을 찾아낸 거야. 존법 라마 녀석이 죽기 전에 본왕을 위해 마지막 충성을 바친 게지.”

“설마 존불에게도 천참만류멸신공이 심어져 있었던 것이오?”

“그놈은 자네나 부탄 녀석보다 조금 낫더군. 제 맘대로 천참만류멸신공을 발동시킬 수 있었으니까 말야.”

꿈틀!

냉고성의 미간 사이가 좁혀들었다. 살기 역시 더욱 심해졌음은 물론이다.

그러거나 말거나 대법대불왕은 제 할 말을 계속했다.

“그래서 본왕은 결국 한동안 고심한 끝에 천참만류멸신공에 대해서 세세히 알아내게 된 거야. 그렇다고 마교의 잔재를 무시하진 마. 본왕이 워낙에 천하에 다시없는 무학의 천재이자 대종사라 그럴 수 있었을 뿐이니까 말야.”

“……”

“그러니 이젠 그만 그 뻣뻣한 무릎을 꿇고 바닥에 고개를 처박는 게 어때? 자꾸 그렇게 뻣대고 있으면 본왕이 갑자기 마음이 바뀌어서 자네를 그냥 뼁 하고 날려 버리고 싶어질지도 모르잖아?”

‘이런 굴욕을 참으며 삶을 이어나가야만 하는가? 내가! 잔혹마군 냉고성이! 하지만… 대법대불왕을 따르다 보면 그녀를 되찾을 기회가 생길지도 모른다.’

냉고성의 뇌리로 감요진의 얼굴이 어른거렸다.

그녀에 대한 집착, 시간이 가면 갈수록 더욱 심해지고 있었다. 이젠 결코 포기할 수 없는 지경까지 이르렀다.

털썩!

결국 냉고성이 바닥에 엎드렸다. 고개를 바닥에 갖다댄 채 고두하고, 대법대불왕에게 완벽한 굴종을 표시했다.

"잔혹마군 냉고성은 지금 이 시간부로 포달랍궁에 귀의하여 서장의 신이신 법왕님을 유일한 주인으로 섬길 것을 맹세하겠습니다!"

"그래야지. 그래야 칠마 중 가장 잔머리가 잘 돌아가고 지조가 없는 잔혹마군 냉고성인 게지."

"……"

욕보다 더욱 지독한 칭찬의 말과 함께 대법대불왕이 냉고성의 정수리에 손을 가져다댔다. 단 일격으로 그의 목숨을 끊을 수 있는 상황을 만든 거나 다름없다.

냉고성은 질끈 눈을 감았다.

일순간 오만 가지 생각이 머릿속을 스쳐 갔으나 저항할 의지를 전혀 내보이지 않았다. 어차피 자신의 몸속에 천참만륙멸신공이 심어져 있는 이상 저항은 의미가 없었다. 대법대불왕의 의지만으로 삶과 작별을 고할 수밖에 없었기 때문이다.

그때 대법대불왕의 몸에서 일순 찬란한 황금빛 서기가 일더니, 냉고성의 정수리에 머문 손으로 노도처럼 몰려갔다. 황금빛의 격류가 되어 밀려들어 간 거다.

"크악!"

냉고성이 입을 벌렸다. 고통으로 인해 정신줄의 일부를 놓아버릴 수밖에 없었다.

대법대불왕은 개의치 않았다.

고통으로 몸부림치는 냉고성에게 계속 황금빛 기류를 쏟아 부었다. 그에게 자신의 신공 중 일부를 나눠주는 것으로 단숨에 무공의 증진을 이룩케 하는 말도 안 되는 일을 벌인 것이다.

얼마나 시간이 흘렀을까?

두어 걸음쯤 뒤로 물러서 있는 대법대불왕이 보는 앞에서 환골탈태(換骨奪胎)를 이룬 냉고성이 천천히 눈을 떴다.

번쩍!

여태까지 그가 보이던 회색빛 광채가 아니다. 대법대불왕과 비슷한 수준의 황금빛 신광이다.

더불어 전신에 넘쳐흐르기 시작한 활력!

오십대이던 냉고성은 삽시간에 시간을 역행한 듯 삼십대 초반가량의 젊음을 되찾았다. 피부가 팽팽해지고 얼굴 역시 음침한 본래 모습과 달리 꽤나 준수해졌다. 금안이 된 눈과 어울리니, 극히 신비한 매력마저 자아낸다.

더욱 놀라운 점이 있다.

하단전과 중단전, 상단전으로 이어지는 기맥이 크게 확장

되고 기해혈에 내력이 흘러넘치고 있었다. 그렇게 오랫동안 거대한 장벽으로 버티고 있던 절대지경의 벽이 허물어진 거다.

스으.

그저 마음속으로 떠올린 것만으로 마치 깃털이 된 듯 가볍게 공중부양한 냉고성이 대법대불왕 앞에 떨어져 내렸다. 얼굴에는 놀라움과 두려움이 빠르게 교차하고 있다.

"이게 도대체 어찌 된 일인 겁니까?"

대법대불왕이 냉고성의 변모한 모습을 요리조리 살피더니, 히죽 웃어 보였다.

"괜찮게 됐군. 실패하기라도 하면 어찌할까 걱정했더니."

'실패할 수도 있었다는 뜻이군.'

"염려 마! 자네는 방금 전 아주 훌륭하게 초절정의 경지를 뛰어넘어 절대지경의 초입에 들어선 거니까. 그래 봤자 내게는 미치지 못하는 정도지만 말야."

"혹시… 제게 황천기주의 암살을 명하시려는 겁니까?"

"그에겐 이미 자네보다 대단한 살수가 갔으니까 그런 근심 어린 표정은 짓지 마. 본왕이 자네한테 바라는 바는 따로 있으니까 말야."

"무엇이든 명하십시오! 앞서 맹세한 대로 속하는 이제부터 언제든 법왕님을 위해 분골쇄신(粉骨碎身)하겠습니다!"

다시 바닥에 엎드려 고두하는 냉고성을 향해 대법대불왕

이 모호한 표정으로 웃어 보였다. 언제나와 마찬가지로 즐거운 유희거리 하나가 떠오른 것 같다.

"꽤나 마음에 드는 말이군. 그럼 바로 명을 내리지. 이제부터 자네는 본왕의 제자 요진이를 찾아서 데려오고, 성도에서 벌어지는 사천 무림대회를 한동안 뒤로 미루게 만들어줘. 어떤 수단과 방법을 써서라도 말야."

"예?"

"간단하지? 간단해야 할 거야!"

마지막 말을 할 때의 대법대불왕은 평상시처럼 웃고 있지 않았다. 특유의 금안에 극도로 냉담한 기운을 담은 채 냉고성을 압박한 거다. 자신의 현 상황을 냉정하고 분명히 인지하라는 의중을 깃들인 채.

第三十八章

대회전야(大會前夜)

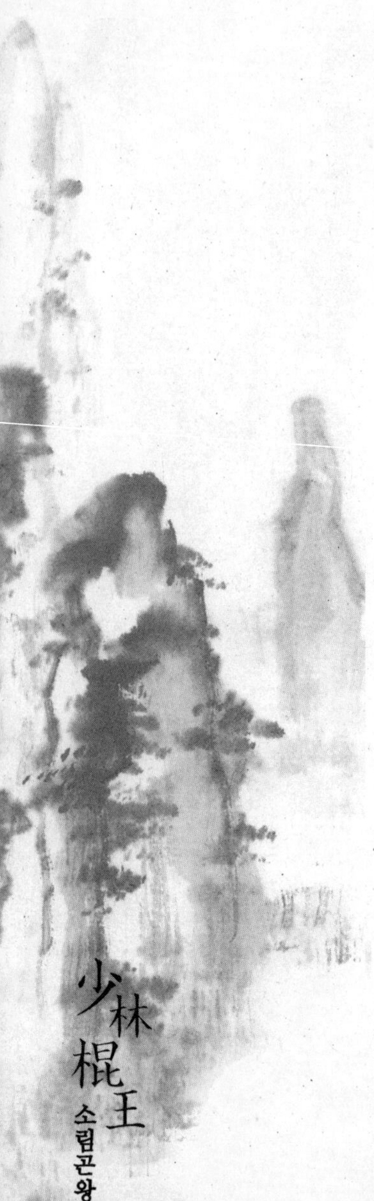
少林棍王
소림곤왕

청양궁.

점차 깊어가는 밤의 장막 속에 끝없이 늘어서 있는 천막들과 거대하게 조성된 비무대가 눈에 띈다. 삼 일 후부터 벌어지는 사천 무림대회의 준비는 거진 끝나 막바지 작업만 남겨두고 있는 것이다.

방금 전까지 숙부 남궁진과 함께 있었던 남궁수는 발걸음이 꽤나 무거웠다.

언제나와 마찬가지랄까?

남궁진은 부친이자 가주인 남궁인의 명령을 마치 주입이라도 하듯 쏟아냈다. 이번 대회가 얼마나 중요한지와 반드시 천룡위를 쟁취해 천룡영웅대의 대주이자 무림맹의 무상이 되어야만 한다는 류의 말 말이다.

얄미운 점은 그러면서도 한마디 던지길 잊지 않았다는 거다. 절대 부담감 느끼지 말고, 삼 일 뒤부터 시작될 비무에만 집중하라는.

사실 남궁수는 별다른 부담을 느끼지 않았다.

애초부터 천룡위에 대해서 관심조차 없었던 그녀였다. 다만 이번 기회에 쉽사리 만날 수 없는 고수들과 비무를 할 수 있기만 하면 족하다 여겼다.

그런데 지금 남궁수의 입가에는 한 조각의 한숨이 머물러 있었다. 답답한 심사를 가눌 수 없어 처소를 빠져나와 산책하듯 청양궁 곳곳을 거닐고 있었다.

이유가 없을 수 없다.

그녀의 뇌리 속을 가득 채우고 있는 건 한 사람의 영상이었다. 숙부 남궁진이 이끌고 온 창룡검가의 정예, 창룡단(蒼龍團)의 느닷없는 등장으로 다시 헤어져야만 했던 엽자건이 그 주인공이었음은 물론이다.

'엽 소협은 어째서 청양궁에 바로 들어올 수 있는 기회를 포기한 것일까? 아니, 나는 또 어째서 끝까지 엽 소협의 곁에 남지 못했던 것일까? 아아, 모르겠다!'

생각을 거듭할수록 머릿속이 혼란스러워진다. 엽자건이란 존재 자체가 그녀에겐 심마나 다름없음이었다.

그때 남궁수의 백치미를 물씬 풍기던 눈에 이채가 어렸다.

저 멀리, 한 명의 사내가 모습을 드러냈다. 똑바로 남궁수를 향해 다가오고 있다. 재회 후 제대로 눈조차 마주치지 못하던 유백온이었다.

'유 소협… 몰랐는데, 기태가 전보다 훨씬 나아졌구나. 무당산이 있는 균현에서 그동안 폐관수련을 했다던데, 확실히 얻은 게 많아 보여.'

남궁수는 의아스러웠다. 유백온의 과거보다 출중해진 기태를 여태껏 대수롭지 않게 넘겨왔던 이유를 이해할 수 없었기 때문이다.

사실 간단한 일이었다.

그녀가 유백온과 재회했을 때 엽자건 역시 함께 있었다. 강한 빛을 발산하는 태양과 달처럼 유백온의 존재는 여태까지 철저할 정도로 엽자건에 가리워질 수밖에 없었다.

거의 지척까지 다가온 유백온이 정중하게 포권해 보였다.

"남궁 소저, 밤이 야심한데 산책이라도 하고 계셨던 것이오?"

"예, 그랬던 것 같습니다."

남궁수가 언제 유백온에게 의아한 마음을 품었냐는 듯 여상스레 대답했다. 그리고 신형을 돌려세운다. 더 이상 유백온과는 할 말이 남지 않았기 때문이다.

유백온은 달랐다. 그가 목청을 높여 남궁수를 잡아 세웠다.

“남궁 소저, 전날의 비무를 아직 나는 기억하고 있소이
다!”

남궁수가 고개를 끄덕여 보였다.

“저 역시 똑똑히 기억하고 있습니다. 유 소협의 무(武)는
지극히 강하고 올곧아서 참고가 많이 되었거든요. 이번에 다
시 비무대 위에서 만나게 된다면 매우 즐거울 것이에요.”

“그것뿐인 거요?”

“……”

유백온의 뜨거운 질문에 남궁수가 의문 어린 시선을 던졌
다. 그의 이글거리며 불타오르고 있는 눈빛을 보고도 심사를
전혀 읽지 못하는 것 같다.

어쩔 수 없이 유백온이 어렵사리 말을 이었다.

“균현에서 폐관수련의 나날을 보내던 중 나는 한 여인을
가슴속에 품게 되었소이다. 그 여인 또한 날 가슴속에 품어줬
으면 좋겠다 여겼고 말이오.”

“교 소매는 좋은 여자예요. 분명 유 소협과 잘 어울릴 거라
생각해요.”

“……”

이번엔 유백온이 굳게 입을 다물었다.

남궁수의 뜻은 분명했다. 그의 고백을 매몰차게 거절한 것
이다. 약간의 틈조차 주지 않고서.

“그럼.”

얼음처럼 굳어버린 유백온에게 남궁수가 한차례 고개를 숙여 보이곤 신형을 돌려세웠다. 이번엔 저번과 같은 제지가 없었다, 자신의 처소로 돌아가는 그녀의 발길을 잡아끌 만한.

'백온 대가…….'

남궁수에게 버림받고 홀로 석상이 되어버린 유백온을 몰래 훔쳐보는 눈길이 있었다. 언제나와 같이 유백온의 뒤를 밟고 있던 당소교였다.

가혹한 운명이랄까?

그녀는 하필이면 유백온이 남궁수에게 고백했다가 차이는 광경을 고스란히 봐야만 했다. 완전히 너덜너덜해진 채 홀로 남겨진 유백온의 처참한 모습 역시 마찬가지다.

지금 그녀의 심중을 완전히 장악하고 있는 감정은 안도감과 분노, 환멸감이었다.

유백온이 남궁수에게 차인 것에 대해 안도했고, 그 같은 짓을 한 남궁수에게 분노했다. 또한 곧바로 그 같은 생각을 떠올려 버린 자신이 환멸스러웠다. 지금 당장 죽어버리고 싶을 만큼 그랬다.

그러나 당소교는 강한 여인이었다. 특히 마음을 준 유백온에 대해선 분명 그랬다.

꼬옥!

아랫입술을 피가 날 정도로 깨문 당소교가 미련없이 신형을 돌려세웠다.

상처 입은 유백온을 안아주는 건, 지금 해선 안 되는 일이었다. 최소한 그가 상처받은 자존심을 추스르고 다시 본래의 찬란하게 빛나는 위치로 돌아올 때까지 기다려야만 했다. 그게 현명한 여인이 취할 도리였다.

'남궁수! 네가 나와 백온 대가 앞에서 사라져야 할 이유가 하나 더 늘었구나! 염려 말거라. 널 보낼 때는 반드시 엽자건이란 녀석도 함께일 테니까.'

내심의 중얼거림과 함께 당소교가 어둠 속으로 사라져 갔다. 자신의 처소로 돌아간 것이다.

스슥!

문득 당소교가 떠나간 자리에 그림자 하나가 모습을 드러냈다. 마치 아주 오래전부터 그 자리에 존재하고 있었던 것 같은 자연스러움을 자아내는 그림자의 정체는 삼십대 초반가량의 미남자였다.

독특한 특징이 있다.

중원인에게선 쉽사리 찾아볼 수 없는 금안을 하고 있다는 점이었다.

'저년으로 정했다!'

그 자신밖엔 알지 못할 뇌까림이다. 그와 함께 금안의 미남자가 다시 어둠 속으로 녹아들어 갔다.

나타날 때와 마찬가지다. 처음부터 존재하지 않았던 것처럼 자연스러운 퇴장이었다.

＊　　　＊　　　＊

다음날.

당소교는 평소와 달리 유백온을 만나러 가지 않았다. 간밤 근심으로 밤을 지새운 바람에 눈이 발갛고, 얼굴이 조금 부어 있었다. 남들에게 얼굴을 내보일 만큼 완벽한 상태가 아니라 오후 늦게까지 처소에서 쉴 작정이었다.

그렇게 정오가 다 되어갈 무렵이었다.

그녀를 찾아온 사람들이 있었다. 백림산장에서 혈전을 함께 치른 바 있었던 사천대협 위천복과 낙안검객 단백승이었다.

두 사람은 다른 명숙들처럼 이번 사천 무림대회에 초대됐다가 중책을 맡게 되었다. 천룡위를 뽑는 천룡비무대전의 일차관문 심사관이 된 것이다.

'아직 얼굴의 붓기가 채 빠지지 않았는데……'

당소교가 내심 투덜거리면서도 공손하게 두 사람을 맞았다. 당가 입장에서도 결코 무시할 수 없는 명숙들이었다. 나중에 써먹을 일이 있을지도 모르니 결코 나쁜 기색을 내보일 순 없었다.

위천복이 미미하게 고개를 끄덕인 후 말했다.

"오늘 질녀를 찾아온 건 다름이 아니라 백림산장에서 헤어진 엽자건 소협 때문일세."

"엽 소협 때문에 절 찾아오셨다고요?"

"그렇네. 질녀도 알다시피 이번 천룡비무대전에 나와 단대협이 일차관문 심사관이 되었기에 엽자건 소협을 며칠 전부터 찾아다녔는데, 아직 청양궁에 도착하지 않았더군."

'이 나잇값도 못하는 작자들이 엽자건, 그 더러운 놈을 찾는 건 일차관문을 통과시켜 주려는 거로구나!'

당소교의 생각은 틀리지 않았다.

위천복이 단백승과 시선을 나누곤 말을 이었다.

"엽자건 소협은 본 장에서 군웅을 이끌고 후금의 정병들을 물리치는 데 혁혁한 공을 세웠다네. 그러니 천룡비무대전의 일차관문 통과의 자격은 충분하리라 보네."

단백승이 고개를 끄덕이며 찬성을 표했다.

"엽 소협은 정말 대단한 무위와 용기, 결단력을 지닌 영웅입니다. 사실 일차관문 통과 정도가 아니라 곧바로 천룡비무대전의 결선에 오르게 해도 부족함이 없을 거라 사료됩니다."

"물론 그렇소이다. 하지만 엽자건 소협은 본 장에서 벌어졌던 싸움에 대해서 함구할 것을 요구했소이다. 아쉽기는 하나 일차관문 통과 정도밖엔 우리가 해줄 수 있는 건 없는 것 같소이다."

"그도 그렇습니다. 하긴, 엽 소협의 무위와 능력이라면 어찌 결선에 오르는 게 문제겠습니까? 이번 천룡비무대전의 우승조차 엽 소협에겐 그리 어려운 일은 아닐 것입니다."

"허허, 그야……."

위천복이 당소교의 눈치를 살피며 어색한 미소를 매달았다. 그녀가 속한 강북 육우의 대형 유백온이야말로 이번 천룡비무대전의 가장 유력한 우승 후보임을 알고 있었기 때문이다.

단백승은 개의치 않았다.

어차피 그에겐 유백온이나 엽자건이나 그리 탐탁지 않은 애송이었다. 자신의 목숨을 구해준 엽자건에게 후한 평가를 주는 건 지극히 당연한 일이었다.

'남궁수, 고 계집애의 미모에 빠져서 허우적거릴 때는 언제고. 이 쓸모없는 호색한 같으니!'

당소교는 내심 이를 갈았다. 단백승이 언제 남궁수 때문에 각을 세웠냐는 듯 엽자건을 칭찬하자 속이 뒤틀리는 느낌이었다. 희귀한 독약이라도 확 뿌려서 며칠 후 횡사하게 만들고 싶은 심정이었다.

그때 위천복이 품속에서 적색의 목패 하나를 꺼내 당소교에게 내주며 말했다.

"이건 일차관문의 통과패라네. 혹시 나중에라도 엽자건 소협을 만나게 되면 전해주시게나.”

“알겠습니다. 반드시 엽 소협을 만나면 전달하겠습니다.”

“고마우이.”

위천복이 한차례 고개를 끄덕여 보이곤 여전히 엽자건을 칭찬하고 있는 단백승과 함께 밖으로 나갔다. 남궁수 대신 당소교에게 작업을 걸어볼 기회를 찾고 있던 단백승이 내심 쓴 입맛을 다셨다. 역시 당소교가 유백온에게 마음을 주고 있음을 쉽사리 간파할 수 있었기 때문이다.

당소교는 잠시 위천복에게 얻은 일차 적색 목패를 바라보며 눈살을 찌푸렸다.

문득 엽자건이 참 재수가 없는 자란 생각이 든다. 손쉽게 일차관문을 통과할 기회가 방금 전 날아가 버린 까닭이다. 그래도 혹시 모르니 부숴 버릴 순 없다.

‘십수살 당준 숙부님은 파천마곤 보종에 대한 유감이 아주 많으신 분이시다. 그분께서 직접 손을 쓴다면 엽자건, 그 녀석이 청양궁에 올 일은 없을 것이다. 그러니 이젠 남궁수 그 계집애만 처리하면 될 터인데……’

남궁수를 떠올리자니 가슴속 한켠이 또다시 욱신거린다. 밤새 꽤나 많은 눈물을 쏟았는데, 아직도 부족한 듯싶다. 독심을 품기 이전에 서러움이 먼저 밀려든다.

슥슥! 슥슥슥!

당소교는 어느새 눈가에 자욱이 번진 물기를 재빨리 소매로 훔쳤다. 자신에게 어울리지 않는 청승이다. 오히려 화를 내는 것이 낫다.

그때였다.

스륵거리는 소리와 함께 당소교 처소의 방문이 열리더니, 한 명의 낯모르는 사내가 들어섰다.

독특한 금안에 준수한 얼굴, 전날 밤 그녀를 선택한 냉고성이었다. 그가 이곳의 주인인 당소교에게 어떠한 허락도 구하지 않았음은 물론이었다.

'어떻게 이런 일이!'

당소교가 내심 대경하면서도 양손에 삼환비(三環匕)와 칠시독(七屍毒)을 담았다. 각기 십암과 십독에 속하는 암기와 극독으로서 절정고수라 해도 결코 허술하게 대할 수 없을 터였다.

그러나 당소교는 삼환비와 칠시독 중 어느 것도 사용할 수 없었다. 그녀의 양손이 암기와 독을 준비한 것보다 냉고성의 손속이 더욱 빨랐기 때문이다.

파팟! 팟! 팟!

나직한 소성과 함께 당소교가 방바닥에 쓰러졌다. 경악으로 인해 두 눈이 크게 뜨여졌으나 마혈과 아혈이 동시에 점혈을 당한 터라 어떠한 행동도 보이지 못한다.

슥!

냉고성이 방 한구석이 떨어져 있는 적색 목패를 취하곤 곧
바로 당소교에게 다가들었다.

"제법 예쁜 얼굴이군. 이러면 생각이 바뀌는데?"

'무, 무슨 짓을 하려고…….'

당소교는 불길한 예감에 몸을 가볍게 떨었다. 여인의 예쁜
얼굴을 보고 사내가 마음을 바꿀 만한 일이 그리 많을 리 없
기 때문이었다.

과연 그녀의 예감대로였다.

냉고성이 단숨에 당소교의 치마를 끌어올리고, 속바지를
밑으로 내렸다. 고의라고 그냥 놔둘 리 없다. 다시 움직인 그
의 손에 고의 역시 밑으로 내려뜨려졌다.

'백온 대가! 백온 대가! 으흐흐흐흑!'

당소교가 내심 울부짖었다. 할 수만 있다면 지금 당장 혀를
깨물고 죽어버리고 싶었다. 유백온이 아닌 다른 남자한테 자
신의 순결지체를 내보였다는 사실만으로도 자진할 이유는 충
분했다. 사실 앞으로 벌어질 일까지 생각하고 싶진 않았다.

그때 냉고성이 가느다란 손가락으로 당소교의 백옥같이
하얀 허벅지를 훑고는 금안에 이채를 담았다. 의외라는 생각
을 한 것이다.

"호오? 아직 처녀였던가? 흐흐, 예상 밖으로 순정을 지닌
년이었군."

나직한 비웃음과 함께 냉고성이 당소교에게서 떨어져 나

왔다. 그리고 손가락을 몇 차례 튕겨 보이자 당소교의 마혈과
아혈이 동시에 풀린다.

"악적!"

당소교가 뾰족한 교갈과 함께 수중의 삼환비를 날렸다. 칠
시독을 잔뜩 뿌린 채였다.

그러나 이게 어찌 된 일인가!

섬광같이 냉고성에게 날아들던 삼환비가 갑자기 힘을 잃
더니, 그의 손에 얌전히 떨어져 내렸다. 칠시독 역시 아무런
위력을 발휘하지 못한다.

'어, 어째서 내 목소리를 들었을 텐데도 밖이 조용한 거
지?'

당소교가 치마를 끌어내리며 내심 의혹을 품었다. 자신이
내력까지 모아서 소리쳤는데 방 안으로 뛰어드는 자 한 명이
없는 게 이상했기 때문이다.

냉고성이 수중의 삼환비를 장난감처럼 다루며 놀리듯 말
했다.

"현재 이 방 안은 내 내가강기로 철통같이 보호가 되어 있
는 상태라서 말이지. 네가 아무리 소리를 질러도 달려올 자들
은 아무도 없을 거야."

"자진하겠다!"

"그래 봤자 정체불명의 색마한테 간살당한 가여운 여인이
될 뿐이지. 유백온이란 애송이도 제명에는 죽지 못할 테고

말야.”

　“…….”

당소교가 몸을 가볍게 떨었다. 분노 때문이 아니다. 냉고성의 협박이 거짓이 아니란 걸 눈치챈 까닭이었다.

　‘계집, 역시 바보는 아니군.’

내심 이를 드러낸 냉고성이 금안을 번뜩이며 말했다.

　“내 부탁 몇 가지만 들어주면 돼. 그리만 해주면 오늘 있었던 일은 영원히 함구될 테니까 말야.”

　“내가 그걸 어찌 믿지?”

　“한 가지 좋은 소식을 가르쳐 주지. 네가 미워하는 엽자건 녀석을 한 번에 골로 보내 버릴 수 있는 소식 말야. 그 정도면 충분하지 않을까?”

　“말해봐라!”

　“그 녀석 곁에 항상 찰싹 달라붙어 있는 감요식이란 녀석 말야. 그거 본래 계집이거든. 서장 포달랍궁의 대법대불왕이 아주 총애하는 제자이기도 하고 말야. 어때? 충분히 흥미로운 얘기지?”

　“…….”

당소교가 입을 가볍게 벌린 채 놀라고 있을 때였다. 순간적으로 그녀의 곁으로 다가선 냉고성이 다시 손으로 치마를 걷어올리고 바지를 끌어내린 후 고의를 잡아뜯었다.

　부욱!

"이건 약속에 대한 증표로 가지고 가겠다. 언제든 네년이 내가 명한 일을 거부한다면 당장 강간해 버릴 수 있다는 것에 대한."

"더, 더러운 놈!"

당소교가 비분으로 눈물을 흘리면서도 얼른 치마를 끌어내렸다. 너무나 압도적인 무공의 차로 인해 그녀로선 도저히 어찌해 볼 수가 없었다.

그러거나 말거나 당소교의 고의를 품속에 쑤셔 넣은 냉고성이 나직한 목소리로 몇 마디 말을 더 건넨 후 태연히 방을 빠져나갔다. 들어왔을 때처럼 나가는 것 역시 너무나 자연스러워 당소교로선 그냥 지켜보기만 할 뿐 어떤 제지도 할 수 없었다.

털썩!

결국 방바닥에 주저앉은 당소교가 한참 격해진 심사를 가다듬은 후 방문을 열고 밖으로 나섰다.

그러자 보이는 극히 고요한 눈앞의 광경.

그녀의 처소에서 벌어진 끔찍한 일과는 전혀 상관없는 세상이 펼쳐져 있었다. 방금 전 속으로 유백온을 부르며 울부짖었던 것이 우습게 생각될 정도였다.

그때 당가보에서 당소교를 보살피기 위해 온 유모 귀파파(鬼婆婆)가 웃는 낯을 한 채 다가왔다. 나이가 팔십을 헤아리나 무공이 절정지경에 올랐기에 오십이나 되어 보이는 용모다.

"오늘은 어쩐 일로 늦게까지 일어나지 않았나 했더니, 이제야 방문을 열고 나섰구려?"

"귀파파, 방금 전에 누굴 보지 못했어요?"

"누굴 말하는 건지?"

"됐어요!"

당소교가 귀파파에게 손을 내저어 보였다. 그녀의 무공이 결코 낮진 않으나 냉고성에 비할 바는 아니었다. 만약 자신의 방에서 빠져나오는 광경을 발견했다면 여태까지 목숨을 부지할 수 있었을 리 없다는 생각이 들었다.

'그렇다는 건, 앞으로 내가 그자의 부탁을 반드시 들어줘야만 한다는 것인가? 백온 대가가 아닌 다른 사내한테 더럽혀질 순 없으니까.'

문득 당소교의 입 새로 웃음이 흘러나왔다, 지극히 메마른 미소가.

*　　　*　　　*

"우웩! 우웨에에에엑!"

목진풍은 어느 집인지 알 수 없는 담벼락에 손을 갖다댄 채 연신 토악질을 해댔다.

그의 그리 짧지 않은 인생 중 처음 있는 일이다. 술을 마시다 이런 추태를 부리는 경우는 말이다.

아니다. 생각해 보면 몇 차례 있긴 했다. 두주불사라 불리는 개방제일의 술꾼, 이가흔과 술대작을 할 때.

'제기랄! 그때도 새벽이 다 되어서야 이런 지경이 되곤 했거늘. 어째서 아직 초저녁인데, 이런 말도 안 되는 꼴이 되어 버렸담.'

목진풍은 가까스로 토악질을 멈추고 내심 한탄했다. 그동안 자신의 주량이 굉장히 약해진 것 같아 서러웠다. 벌써 이런 나이가 됐는가 싶기도 하다.

그가 한 가지 간과한 사실이 있었다.

오늘로 새벽까지 죽기 살기로 술대작을 한 지 정확히 삼 일째였다. 그동안 누적된 주독이 초저녁에 터져 버린 것이지 그의 주량이 약해진 건 아니었다.

그런 목진풍에게서 몇 걸음 떨어진 장소에 엽자건이 여유 있는 표정으로 서 있었다.

함께 대작을 했다, 지난 삼 일 동안.

그런데 그에겐 전혀 취기가 느껴지지 않았다. 말짱했다. 얼굴에 붉은 기조차 보이지 않는다.

"진풍, 이젠 내가 형님이다. 앞으로 각듯이 엽 대형이라 부르도록 해라."

"아니, 그건 조금……."

"사내대장부라며? 설마 한 입으로 두말을 하려는 건 아닐 테지!"

엽자건은 일부러 말꼬리에 힘을 실었다. 더불어 눈에서 일어난 사람을 위압하는 천살지기!

다급함과 불복의 뜻을 고스란히 드러내고 있던 목진풍이 움찔 놀란 표정이 되었다.

어느 모로 보든 자신보다 나이가 어려 보이는 엽자건이나 눈빛에 담겨 있는 기운이 예사롭지 않았다. 일시 산중에서 맹수를 만난 것처럼 오금이 저려왔다. 쉽사리 거부의 말을 내뱉을 수 없었다.

게다가 이번 술내기의 제안은 목진풍이 먼저 했다. 나이 차가 분명한데도 꼬박꼬박 반말을 하는 엽자건에게 형님 소리를 듣고 싶었기 때문이다.

'에휴우! 제 꾀에 제가 넘어간 셈이니 내 누굴 원망하리오!'

내심 한숨과 함께 한탄성을 터뜨린 목진풍이 떨떠름한 표정으로 고개를 주억거렸다.

"알겠수. 이제부터 내 엽 대형이라 부르겠소."

"오냐. 그래야 착한 내 동생이지. 크하하하!"

'망할! 망할! 망할!'

목진풍이 고개를 푹 숙였다. 억지 형님이 된 엽자건에게 자신의 입 모양을 보이고 싶지 않았다. 이제 그래서도 안 되고 말이다.

그때 시원스런 대소를 멈춘 엽자건이 목진풍에게 다가와

목에 팔을 걸쳤다. 이젠 아예 대놓고 하는 어깨동무다.

"그럼 내 진풍 동생한테 한 가지를 부탁해 볼까?"

"부, 부탁? 형제지간이 된 지 얼마나 되었다고 벌써 청탁을 하려는 것이오? 세상 그리 살면 못쓰오!"

"본래 세상살이가 다 그런 거야. 만약 아무런 청탁할 일이 없다면 뭐 하러 피도 섞이지 않은 사이에 의형제를 맺고 형님, 아우를 하겠어?"

"그야 서로 간에 마음이 통하고, 함께 있으면 즐겁고 그러니까……."

"그럼 내 하나 묻지. 진풍 동생은 내가 곤경에 처하면 어찌할 거야?"

"그야 당연히 목숨을 걸고 나서서 엽 대형을 돕지 않겠소? 어찌 됐든 의형제지간이니까."

"나 역시 마찬가지야. 진풍 동생이 위험에 빠졌다면 일단 덮어놓고 도울 거야. 진풍 동생이 잘했든 못했든지 간에 말야. 그럼 그건 청탁과 다른 건가?"

"그, 그건……."

목진풍은 말문이 막히는 걸 느꼈다. 엽자건이 한 말이 왠지 그럴듯해 보였기 때문이다.

퍼억!

엽자건이 주먹으로 목진풍의 머리를 때렸다. 한 대만이 아니다. 연속적으로 네다섯 대를 때렸다. 나름 고수인 목진풍이 어찌해 볼 새도 없이 그리했다.

"왜 때리는 거요!"

버럭 노성을 터뜨리는 목진풍에게 엽자건이 무심한 표정으로 말했다.

"맞을 짓을 했으니까."

"내가 무슨 맞을 짓을 했다는 거요?"

"협의도를 걷는 개방의 제자가 방금 전에 솔깃했잖아. 세상에 대해 다 알고 있다는 듯 말하는 작자들이 툭하면 지껄이곤 하는 헛소리에 말야."

"하지만 그건 엽 대형이 그리 말하니까 그런 거 아니오?"

"그럼 강하게 맞받아쳤어야지! 그건 잘못된 거라고. 그러니 그런 말은 더 이상 하지 말라고. 내가 아는 철담협개 선배님은 그런 분이셨다. 그래서 존경했던 거고."

엽자건이 사부 철담협개를 언급하자 목진풍의 안색이 뻣뻣하게 변했다. 일시 엽자건이 한 말에 휘말린 자신의 행동이 부끄러웠던 거다.

싱긋.

엽자건이 목진풍의 그 같은 모습에 미소 지었다. 조금 대가 약하긴 하지만 타고난 협골인 점이 마음에 들었다, 철담협개만큼은 아니었지만.

목진풍이 안색을 굳힌 채 말했다.

"알겠소. 그럼 앞으로 내게 청탁 같은 건 하지 마시오. 아무리 의형이라 해도 나는 단연코 거부하겠소."

"좋은 자세야. 하지만 내 부탁은 들어줘야만 해."

"어째서 말이 그리되는 거요?"

"나는 청탁을 하는 게 아니라 철담협개 선배님의 의지를 네게 전달하려는 거니까."

"헉! 사부님께서 내가 개봉을 떠나 사천에 온 걸 아신단 거요?"

"그렇진 않아. 하지만 그분은 소림사에서 후금의 세력과 일대 결전을 벌이신 바 있어. 그러니까 그놈들이 혹시라도 사천 무림대회를 훼방 놓으려고 하면 단호하게 응징하시지 않겠어?"

"역시 백림산장에서 붙은 게 후금 세력이었던 거요?"

"과연 짐작하고 있었군? 그 일이 관해선 관계자 모두에게 말을 아끼라고 해놨는데."

"개방이 달리 개방이 아니잖소. 백림산장에서 혈전이 벌어진 직후에 부근에 위치한 분타에서 제자들을 보내서 백림산을 샅샅이 훑어봤었소."

"그렇군. 그럼 내가 뭘 부탁하려는 건지도 짐작했을 테지?"

"이곳 성도에 후금 세력이 끼어들 경우 그 동태를 파악해 달라는 거 아니오?"

"비슷해."

엽자건이 대답과 함께 품속에서 세 장의 용모파기를 꺼내
서 목진풍에게 내줬다. 잔혹마군 냉고성과 음혼마군 두진양,
부탄의 얼굴 특징이 자세하게 묘사된 그림이었다.

"이들이 주모자요?"

"그럴 거야. 중간에 변복할 수도 있으니까 신경 써야만 할
거야."

"그런 건 염려 마시오."

자신만만한 대답과 함께 목진풍이 언제 술내를 풀풀 풍기
며 토악질을 했냐는 듯 곧바로 신형을 날렸다. 애초부터 그
역시 엽자건에게 접근하기 위해 어느 정도 수를 쓰고 있었음
을 짐작케 하는 모습이었다.

"속고 속이고… 강호에서의 삶이란 전장과는 다른 또 다른
재미가 있구나."

엽자건이 나직한 중얼거림과 함께 시선을 한쪽 방면으로
던졌다.

동남쪽 방면에 위치한 큼지막한 고목.

등을 기대고 서 있는 장신의 사내가 보인다. 사흘 전 청양
궁으로 향하는 길목에서 엽자건과 한차례 손속을 나눴던 십
수살 당준이었다.

언제부터 있었던 것일까?

중요한 점은 엽자건이 당준의 존재를 별다른 무리 없이 받
아들이고 있다는 거였다. 그가 청하듯 말했다.

"당 선배, 슬슬 이쪽으로 오시는 게 어떻소?"

"그렇지 않아도 가려고 있었지."

당준이 대답과 함께 고목에서 등을 떼더니, 일순 옷자락을 표표히 날리며 엽자건 앞에 떨어져 내렸다. 낮에 봤을 때도 놀라웠는데, 밤에는 아예 종적을 가늠키 어려울 정도로 빠른 신법이었다.

'쳇, 사부와 함께 어깨를 나란히 하는 십삼성이라더니, 과연 대단하구만.'

엽자건이 나직이 혀를 찬 후 싱긋 웃어 보였다. 그의 예상과 달리 성도에 도착한 지 사흘이 지나도록 별다른 일이 발생하지 않았다. 새외칠마에 속한 냉고성이나 두진양과 다시 목숨을 걸고 싸울 기대를 절반쯤 접지 않을 수 없었다.

하지만 이젠 괜찮다.

눈앞에 모습을 드러낸 당준은 십삼성에 당당히 이름을 올려놓은 최고의 고수였다. 그것도 독과 암기를 동시에 사용한다. 냉고성이나 두진양보다 더욱 재밌는 싸움이 될지도 모른다.

당준이 말했다.

"내일이면 청양궁에서 사천 무림대회가 정식으로 개최된다는 건 알고 있겠지?"

"물론입니다."

"이번 사천 무림대회에서는 과거 무림맹의 무상을 맡던 천룡위를 뽑는 천룡비무대전을 개최하는데, 그전에 자네를 만나야만 했네. 전날 자네 사부이신 보종 대사께 진 빚이 조금 있거든. 이해할 수 있겠지?"

"그러고 보니 지난번에는 조금 방해꾼들이 많았지요?"

"그랬지. 이번에는 어중간한 검 말고 곤을 사용하는 게 좋을 걸세. 나는 본래 옹졸한 성격이라 지난번처럼 손속에 사정을 두지 않을 테니까."

"하하, 분부대로 하죠."

나직한 웃음과 함께 엽자건이 허리춤에 매달아놨던 삼단봉을 떼어내 삼절마곤으로 조립했다.

눈앞의 당준은 진짜 고수다.

진심으로 자신을 향해 살기를 드러내고 있기도 했다.

오랜만에 전력을 다해 상대해 주는 게 예의였다. 분명 그리 생각했다.

'뭐, 애초에 사부가 독상을 치료하려고 사천당가에 가볼 생각조차 하지 않을 때부터 내 알았지. 당가의 고수에게 사고를 쳐도 아주 단단히 쳤을 거라고.'

그 상대가 독존 당무양이 아닌 것만 해도 어딘가!

현 상황을 긍정적으로 보려고 노력하며 엽자건이 삼절마곤을 일타일게의 방식으로 들어 올렸다. 그리고 한마디 던지는 것도 잊지 않는다.

"그런데 삼 초, 먼저 양보해 주시겠죠?"

“그러도록 하지.”

“감사합니다.”

진심을 담은 대답과 함께 엽자건이 삼절마곤을 휘둘렀다,
당준의 머리를 향해서.

第三十九章

묵룡천뢰(墨龍天雷)

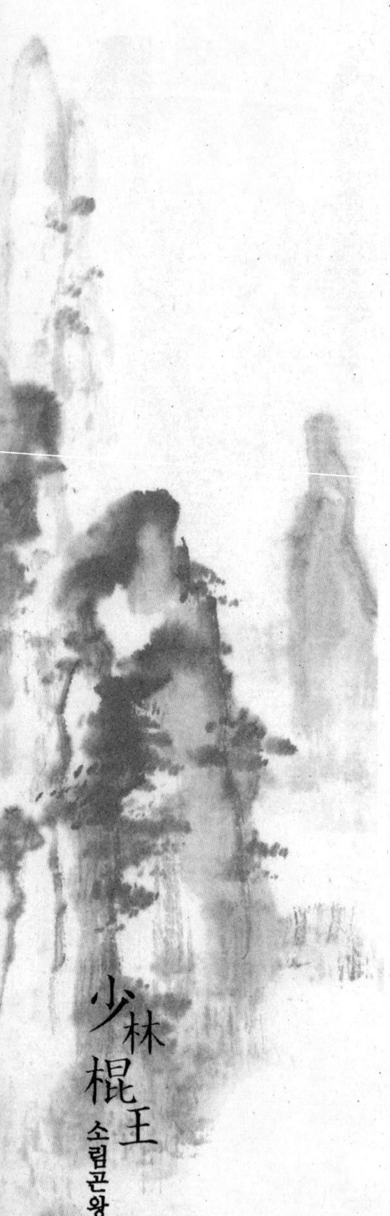

少林棍王
소림곤왕

'하아, 이번엔 또 싸우는 건가?'

감요진은 내심 한숨을 내쉬었다.

그녀는 지난 사흘간 줄곧 목진풍과 술대작을 벌인 엽자건의 행동에 꽤나 질려 있었다. 도대체가 무슨 의도인지 얘기조차 해주지 않고 술로 목욕을 하는 모양새에 만정이 다 떨어질 지경이었다.

그래도 참고 기다린 결과 술내기가 끝났다. 목진풍이 떠나간 것이다.

그런데 이건 또 무슨 짓인가?

목진풍이 가자마자 십수살 당준이 엽자건을 찾아왔다. 마치 감요진과 엽자건이 오붓한 한때를 보내는 걸 훼방이라도 놓으려는 것처럼 말이다.

감요진의 한숨은 곧 근심으로 변했다.

그녀가 생각했던 것보다 당준은 더욱 고강한 고수였다, 엽자건이 다른 때와 달리 처음부터 삼절마곤을 사용할 정도로.

당연히 싸움의 전개 역시 심상치 않았다.

단기전으로 끝나지 않고 장기전을 향해 치달아갔다.

콰득!

엽자건의 소야차 육로에 이은 천사일로 무정세가 폭풍같이 사방을 휘감았다.

그 서슬에 부근에 서 있던 나무 밑동이 박살났다. 중간이 팍 꺾이더니, 요란한 굉음을 내며 바닥으로 무너져 내렸다.

파팍! 파파파팍!

수없이 많은 잔가지들이 칼날처럼 변해 사방으로 튀어 올랐다. 암기나 수전과 비교해도 훨씬 살벌하다.

휘리릭!

그 사이를 당준의 신형이 기쾌한 분신을 일으키며 가로질렀다. 사방에서 튀어나오는 잔가지들을 피해내는 신법의 빼어남은 과연 십삼성이라 불릴 만하다.

엽자건 역시 감탄했다.

"우와! 역시 당 선배, 대단하십니다! 그렇지만 아직 삼 초가 끝나려면 한 초식 더 남은 건 아시죠?"

"으득!"

당준이 대답 대신 이를 갈았다. 어째서 자신이 엽자건에게 삼 초의 공격을 양보했는지 후회가 막급했다. 다시 그때로 돌아간다면 절대로 그런 바보 같은 짓은 하지 않을 터였다.

'저 녀석, 강하다! 진짜로 강해! 어떻게 약관 정도밖엔 안 되는 나이에 당년 파천마곤 보종 대사에 버금갈 정도의 강함을 보일 수 있는 거란 말이냐!'

당준은 내심 버럭버럭 고함질렀다.

그러거나 말거나 엽자건은 앞서의 두 초식은 단순한 몸풀기에 불과했다는 듯 수중의 삼절마곤을 붕붕 휘둘러댔다. 곧바로 공격하지 않고 괜스레 시간을 끌며 가까스로 두 번째 공격을 피해낸 당준의 심기를 불편케 만들었다.

"어서 공격하지 않고 뭘 하는 건가!"

"당 선배, 호흡이 조금 거칠어지신 것 같아서……."

"그렇지 않아!"

"아, 그러셨군요. 그럼 가겠습니다."

엽자건이 끝까지 얄미운 한마디를 던진 후 삼절마곤을 다시 일타일게의 자세로 고정시켰다.

그리고 멈춰 버린 시간!

당준은 진짜로 거칠어진 호흡을 가다듬다 눈을 크게 떴다. 초절정의 경지에 올라 있는 그는 대번에 알아챘다, 엽자건의 일타일게가 앞서와는 완전히 달라졌음을.

'설마 진짜로 여태까지 전력을 다하지 않았었다는 거냐? 진짜로!'

당준은 내심 비명을 질렀다.

그럴 수밖에 없다.

앞서 두 차례 공격을 피하기란 결코 쉽지 않았다. 그의 특기 자체가 본래 당가 비전의 독공과 암기술이었다. 천하무쌍의 힘을 지닌 소림곤의 무지막지한 공격을 단순히 방어만 한다는 건 결코 쉬운 일이 아니었다.

하물며 엽자건의 공격은 곧이곧대로 당준만을 노리지 않았다. 방금 전의 두 번째 공격과 같이 주변의 지형지물까지 교묘하게 이용했다. 자칫 운이 없었다면 두 번째 공격 때 이미 치명상을 허용했을지도 모른다.

그때 엽자건의 일타일게한 삼절마곤 주변으로 대기가 휘몰아치기 시작했다.

곤압(棍壓)!

삼절마곤을 중심으로 몰려든 대기가 거센 회오리를 만들어냈다. 주변의 모든 것을 빨아들여 응축시켰다가 격렬하게 내쳐내는 곤법 최상의 경지가 발동되기 직전에 이른 것이다.

'말도 안 돼!'

당준은 공포를 느꼈다. 당가에서 가장 많은 생사투를 벌인 그의 생존 본능이 강하게 소리쳤다. 당장 몸을 움직이라고.

그렇지 않으면 생명을 장담할 수 없게 될 거라고.

스스슥!

결국 당준이 먼저 움직였다. 여태까지와 같이 엽자건의 공격을 맨몸으로 받아내길 포기하고 먼저 회피에 들어간 거다. 그리고 그와 동시였다.

쩌릉!

엽자건의 삼절마곤에서 일순 뇌성벽력이 터져 나왔다. 압축될 대로 압축된 곤압이 대야차 육로의 변화와 함께 폭발했다. 그대로 주변을 쓸어버렸다.

"삼 초 끝!"

엽자건이 먼저 신형을 움직여 자신의 곤압을 피해낸 당준을 향해 싱긋 웃어 보였다.

원칙적으로 그가 약속을 어긴 셈이었으나 굳이 들춰내지 않았다. 어차피 삼 초를 접어준다는 것 자체가 실제 목숨을 건 싸움에선 있을 수 없는 일이었기 때문이다.

당준은 그렇게 생각하지 않았다.

한순간이나마 엽자건이 만들어낸 곤압에 공포를 느꼈다. 이제 와서 다시 손속을 나눈다 한들 이미 기세에 밀려 위축된 상황에서 승리를 자신할 수 없었다.

"후우, 더 이상 겨룰 것 없네."

"예?"

"오늘 밤의 비무는 내 패배란 뜻일세. 자네의 삼 초 공격을 끝까지 막아내지 못했으니 말일세.”

“하지만 이제 고작 몸을 풀었을 뿐인데…….”

“됐다질 않는가!”

자신도 모르게 버럭 화를 낸 당준이 다시 입가에 한숨을 매
단 채 품속에서 적색 목패를 꺼내 엽자건의 발치에 던졌다.
내일 개막할 사천 무림대회의 천룡비무대전의 일차관문 통과
패였다. 그 역시 일차관문의 심사관이었던 것이다.

툭!

“이건…….”

“내일 있을 천룡비무대전의 일차관문 통과패일세. 그게 없
으면 일반 도전자들과 같이 오랜 시간을 기다려 관문 통과를
해야만 할 터이니, 받아두도록 하게.”

“그럼 이게 있으면 내일 곧바로 사천 무림대회가 열리는
청양궁에 들어갈 수 있는 겁니까?”

“그뿐 아니라 천룡비무대전의 본선에 참가하기 위한 세 관
문 중 첫 번째 역시 무사통과할 수 있다네.”

“오!”

엽자건이 그제야 적색 목패를 발끝으로 차 수중에 넣었다.
소매를 이용해 받아 드는 게 꽤나 세심함이 묻어 있다.

당준이 냉소했다.

“흥! 내가 만약 하독을 하려 마음먹었다면 그런 짓으로 중
독을 피할 수 있었을 거라 생각하는 건가?”

“절대 아니죠.”

“그럼 어째서 그런 쓸데없는 짓을 하는 거지?”

“그냥 버릇입니다.”

“버릇?”

“사부님께서 오랫동안 몹쓸 독에 중독되어 고생하셨거든
요. 그래서 저 역시 그런 일을 당하지 않으려 하다 보니, 자연
스레 이런 게 몸에 배었을 뿐입니다.”

“그렇군. 그럼 보종 대사께서는 현재 강녕하신 건가?”

“소림사에서 편히 쉬시고 계십니다. 독상도 치료가 끝났구
요.”

“그건 다행이군.”

당준이 입가에 안도의 한숨을 매달았다. 언젠간 보종에게
전날의 패배를 되갚아줄 작정이었다. 그가 독에 중독되어 먼
저 죽어버리는 건 용납할 수가 없었다.

‘물론 그전에 보종 대사의 저 청출어람(靑出於藍)한 제자를
먼저 꺾어야 할 테지만……’

내심 엽자건을 심중 깊숙한 곳에 새겨 넣은 당준이 잠시 천
공에 뜬 달을 바라보다 신형을 돌려세웠다. 패자는 본래 유구
무언이라 했다. 지금 그의 속내가 딱 그러했다.

‘호오!’

내심 한숨을 내쉰 감요진이 엽자건에게 다가들었다. 드디

어 그를 독차지할 수 있게 되었다는 생각이다.

그런데 막 그녀가 엽자건의 바로 뒤에 도착했을 때였다.

팟! 파파팟!

감요진은 몸 전체로 밀어닥치는 짜릿한 느낌에 걸음을 멈춰 세웠다.

이 느낌을 어떻게 표현해야 하나?

굳이 말하자면 닭살이 돋는 느낌과 흡사했다. 그것도 옷 밖으로 드러난 부분뿐 아니라 몸 전체, 구석구석까지 빼놓지 않고 몽땅 말이다.

잠시뿐이었다.

곧 감요진을 전율케 만들었던 짜릿한 느낌은 씻은 듯 사라졌다, 마치 애초부터 존재조차 한 적이 없었던 것처럼.

더불어 신형을 돌려세운 엽자건.

그의 마력적인 시선을 접한 순간 감요진은 하체에서 힘이 쏘옥 빠져나가는 것 같은 기분을 느꼈다. 그의 시선을 느끼는 것만으로 몸이 후끈 달아오른 것이다.

그 역시 잠시뿐이었다. 엽자건이 싱긋 미소 지으며 그녀에게 말을 하기 전까지 말이다.

"술이나 한잔하러 갈까?"

"또 술을 마시려고?"

"방금 좋은 싸움을 끝냈거든. 딱 한 잔만 하고 자러 가자."

"그러다 내일 사천 무림대회에 지각하면 어쩌려고? 천룡위인가 차지하려던 거 아냐?”

“천룡위?”

“이번 사천 무림대회에서 가장 핵심적인 게 천룡비무대전인데, 거기서 우승하면 천룡위주가 된다더라. 새롭게 구성되는 무림맹의 무상이자 천룡영웅대의 대주가 돼서 호호탕탕 무림을 질타하게 되는 거지.”

“관심없는데.”

“뭐?”

“어쨌거나 결국 어딘가에 소속되어서 누군가의 명에 의해 싸워야 하는 거잖아. 그럴 바에야 차라리 사부님과 함께 다녔던 전장을 용병이 돼서 전전하는 편이 나아. 게다가 내게 무슨 무림을 질타하는 영웅의 자질이 있겠어? 무림을 어지럽히는 흉마라면 또 몰라도.”

“호호, 그건 또 그렇네. 자건이라면 무림의 영웅이 되는 것보다 흉마가 되는 편이 빠를 거야.”

“뭐, 그런 거지. 그러니까 술이나 한잔하러 가자. 이 좋은 성도에 와서 한 번도 함께 놀아본 적이 없잖아.”

“…….”

감요진은 잠시 마음이 흔들렸다. 엽자건의 유혹은 매우 달콤하여 그녀의 방심을 요동치게 만들었다. 진짜 꿀이라도 발라놓은 것 같은 혓바닥이었다.

흔들.

감요진이 세차게 고개를 가로저었다. 엽자건의 유혹을 결국 물리친 것이다.

"에이, 시시한 여자 같으니라구."

"그래, 나는 시시한 여자야. 그러니까 지금 당장 거처로 돌아가서 숙면을 취하도록 해. 내일부터 벌어지는 비무에서 오늘처럼 좋은 싸움을 후회없이 펼치고 싶다면 말야."

"아하하!"

엽자건이 감요진의 내심을 읽은 듯 크게 웃어 보이곤 얌전히 그녀의 말에 따랐다. 진짜로 더 이상 억지를 부리지 않고 거처로 돌아간 것이다, 내일을 대비하기 위해서.

콩!

감요진이 자신의 머리를 주먹으로 때렸다. 엽자건과 둘이 오붓하게 보낼 절호의 기회를 날려 버린 게 아쉬웠다. 아무리 그의 속내를 읽은 때문이긴 하지만.

'뭐, 서장까지는 아직도 한참 남았고. 오늘만 날이 아니니까……'

감요진이 얼른 엽자건의 뒤를 쫓았다. 밤의 장막은 점점 더 깊어져 가고 있었다.

*　　　*　　　*

아침 일찍부터 사천 무림대회가 개최되는 청양궁으로 향

하는 대로에는 사람들로 바글거리고 있었다.

이미 한 달 전부터 온갖 종류의 사람들로 넘쳐나던 터였다.

이제 드디어 사천 무림대회가 시작되었으니, 얼마나 많은 사람들이 몰려들지 짐작조차 할 수 없을 정도였다. 족히 수만 명이 넘는 사람들이 아예 장사진을 치고 있었다.

그중에는 일찌감치 아침밥을 먹고 거처로 삼았던 객점을 나선 엽자건과 감요진도 포함되어 있었다. 어젯밤 일찍 잔 게 조금쯤 도움이 되었다고 할까?

인파 사이를 걸어가는 두 사람의 표정은 사뭇 밝았다.

주변을 이리저리 구경하고 있던 감요진이 조심스런 목소리로 말했다.

"생각했던 것보다 청양궁으로 향하는 무림인이 많네?"

"다 낭인들이지 뭐."

"낭인들?"

"지난번에 봤잖아, 명망있는 문파 출신들이 미리 청양궁에 들어가는 걸. 그러니 사천 무림대회의 개최일에 맞춰서 청양궁으로 향하는 자들의 신분은 뻔한 거 아니겠어?"

"자건은 이래 봬도 소림사 출신이잖아."

"이래 봬도라니! 그거 굉장히 실례야. 나야 초행인 성도성의 지리와 특징을 파악하기 위해 일부러 청양궁에 들어가는 걸 뒤로 미룬 거라구."

"그런 거였어?"

“아무렴.”

태연히 고개를 끄덕이는 엽자건을 감요진이 불신 가득한 표정으로 바라봤다. 그도 그렇다. 그녀의 뇌리 속엔 지난 사흘간 목진풍과 술판을 벌인 엽자건의 기억이 선명히 남아 있었다. 도대체 언제 성도성의 지리를 파악했다는 건가?

그때다.

저 멀리서 용케도 목진풍이 엽자건을 발견하고 다가들었다. 여전히 지저분한 얼굴에는 아직도 간밤까지 이어졌던 삼 일간의 주투(酒鬪) 흔적이 남아 있었다. 홍조와 함께 얼큰한 주향이 멀리서도 날아든다.

“엽 대형, 어서 오십시오!”

“웬 호들갑이야?”

“소제가 꼭두새벽부터 자리를 맡아놨습니다. 덕분에 조금만 있으면 엽 대형과 소제의 차례가 되니까 어서 빨리 심호흡 하십시오.”

“심호흡은 됐구. 도대체 무슨 자리를 맡아놨다는 거야?”

“저랑 가보시면 압니다.”

목진풍이 소맷자락을 마구 잡아당기자 엽자건이 못 이기는 척 따라나섰다. 얼굴엔 심드렁한 기색이 가득하다.

그렇게 한참 인파를 제치고 나아가자 청양궁의 정문이 모습을 드러냈다.

커다란 돌사자상이 세워져 있는 두 개의 문.

한쪽은 썰렁하고 다른 한쪽은 그야말로 인산인해(人山人海)였다. 모두 청양궁에 들어갈 자격인 일차관문 통과를 위해 기다리고 있는 자들이었다.

엽자건이 한숨과 함께 목진풍을 떨궜다.

"진풍 아우, 설마 나더러 저 오른편 쪽 줄에 서라는 거냐? 너 강호에서 제법 목에 힘을 주는 처지라며?"

"그게… 소제가 이번에 개봉을 떠나서 사천 무림대회에 출전한 건 독단적인 일이라서……."

"됐다. 내게 이게 있으니까 그냥 함께 들어가자."

"헉!"

엽자건이 간밤 당준에게서 받은 적색 목패를 꺼내자 목진풍이 입을 크게 벌렸다. 지난 며칠간 백방으로 구하러 다녔던 물건을 보고 잠시 말문이 막힌 것이다.

"이러니 형만 한 아우가 없다지. 가자."

"예, 형님!"

목진풍이 엽자건에게 찰싹 달라붙었다. 감요진이 피식거리며 역시 그 뒤를 따랐다.

"여어!"

간단히 일차관문을 통과해 청양궁에 들어선 엽자건이 이차관문을 위해 모여 있는 자들을 향해 손을 들어 보였다. 꽤나 낯익은 얼굴들이 잔뜩 모여 있었기 때문이다.

“엽 소협?”

“저자가 어떻게…….”

“으음, 여기서 다시 만나게 될 줄이야!”

강북 육우를 비롯해 엽자건과 낯이 익은 후기지수들 중 상당수가 인상을 찡그렸다. 강적 한 명이 늘어났다는 생각과 함께 기묘한 이질감을 느낀 까닭이었다.

물론 그런 자들만 있었던 건 아니다.

주변의 시선을 전혀 고려치 않고서 남궁수가 엽자건에게 다가들었다. 언제나처럼 아름다운 옥용에는 어색하나 부드러운 미소가 떠올라 더욱 절세적인 미모를 돋보이게 만든다.

“오셨군요.”

엽자건이 싱긋 웃어 보였다.

“늦었소. 그런데 아직도 관문이 남아 있는 거요?”

“이차와 삼차관문이 남아 있어요. 아마 정오가 되면 이차관문 통과가 시작될 거예요.”

“아는 바가 있소?”

“미로 통과라고 들었어요.”

“미로 통과?”

“팔괘와 칠성을 혼합한 팔괘미로칠성진(八卦迷路七星陣) 속에 들어가 어떻게든 생문(生門)으로 나오면 통과라고 하더군요.”

“재밌겠군.”

엽자건이 미미하게 고개를 끄덕이다 의아한 표정이 되었
다. 멀찍이 떨어져 서 있는 당소교의 안색이 평소와 달리 어
두워 보였기 때문이다.

'얼굴의 가면이 절반 이상 벗겨졌잖아! 도대체 무슨 일이
있었기에……!'

엽자건은 무인 이전에 예인이다.

그의 시선은 당소교의 기묘하게 위축되어 있는 모습을 단
숨에 포착해 냈다. 어떤 상황에서든 가장 순결하고 어여쁜 미
소를 보일 수 있는 그녀의 이 같은 변화에 이유가 없을 리 만
무하다.

그렇게 시간이 흘러 거진 정오가 다 되었을 때였다.

가뜩이나 위축되어 있던 당소교가 갑자기 몸을 한차례 떨
어 보였다. 극히 짧은 순간 보인 변화였으나 엽자건은 이번
역시 포착해 냈다.

슥!

엽자건의 눈이 당소교의 시선을 좇았다. 그러자 일차관문
을 막 통과한 한 명의 미청년이 보인다.

삼십대 초반쯤 되었으려나?

꽤나 잘생긴 얼굴에 잘빠진 체격, 무엇보다도 중원에선 쉽
사리 보기 힘든 금안이 인상적이다.

'저놈이군!'

엽자건은 내심 당소교를 위축시킨 원인 제공자로 금안의

사나이를 지목했다. 확신했다.

그때 일차관문 통과자들의 앞에 문이 활짝 열렸다. 이차관문인 팔괘미로칠성진을 통과할 때가 된 것이다. 어떤 식으로든 말이다.

'뭐, 일단 이차관문부터 통과하고 볼까나? 그런데 저 누런 눈깔 자식, 어디서 본 적이 있었던 것 같기도 한데…….'

본 적 있다, 그것도 꽤나 자주.

그러나 엽자건이 어찌 냉고성이 중늙은이가 다 된 나이에 환골탈태로 젊음을 되찾고 얼굴까지 매끈해진 것을 상상이나 할 수 있었겠는가!

엽자건이 잠시 고개를 갸웃해 보이는 사이 냉고성이 태연스레 이차관문을 향해 걸어 들어갔다. 다른 어떤 후기지수들보다 여유가 넘치는 걸음이었다.

엽자건의 눈에 이채가 어렸다.

"허! 팔괘미로칠성진을 그런 식으로 통과하겠다고? 참 재미있는 사고방식을 가진 사람이로구만. 뭐, 구경하는 재미는 있겠다만."

목진풍이 쪼르르 다가왔다.

"형님, 진에 대해서 잘 아십니까?"

"좀 알지. 전장에서 용병 생활을 제법 해봤으니까."

"우와! 다행이다! 정말 소제는 형님 한 분은 참 잘 둔 것 같습니다."

"날 따라다니려고?"

"부탁하겠습니다!"

"뭐, 상관은 없는데, 나보다는 저기 위풍당당하게 진으로 뛰어드는 명문의 후기지수들 뒤를 따르는 게 더 낫지 싶다만?"

목진풍이 이차관문 안으로 연신 뛰어드는 후기지수들을 한차례 바라본 후 의아한 기색으로 엽자건에게 질문했다.

"저들이 형님보다 더 진에 대해 잘 아는 겁니까?"

"그럴 리 없지. 하지만 어째서 천룡비무대전이란 거창한 이름을 단 비무대회에 관문을 세 개나 만들어뒀겠어?"

"그야, 떨거지들을 미리 추려내기 위함이 아닐까요? 본선에 이놈이고 저놈이고 참가한다면 일 년 내내 비무를 계속해도 우승자를 내기가 어려울 게 아닙니까?"

따악!

엽자건이 주먹으로 목진풍의 머리를 때렸다. 전날보다 살짝 더 힘을 줬다.

"에구구, 또 왜 때리시는 겁니까?"

"맞을 짓을 했으니 맞지. 네 목 위의 머리통은 장식용인 거냐?"

"생각이 없다는 말이십니까?"

"눈치는 빠르네. 네 말대로 일 년 내내 비무를 계속할 수는 없어. 그러니 몇 가지 간단한 시험으로 본선 참가자를 추려내면 될 게 아냐. 일테면 내공과 외공, 경공 같은 기본적인 무공 실력으로 말야."

"그 말인즉슨, 본선에 참가하기 위해 삼차관문을 통과하는데 통과패를 얻거나 팔괘미로 뭐시기 같은 진법을 배치시킨 건 문제가 있다는 겁니까?"

"거기에 문제의 정답이 미리 유출되었다면 더더욱 문제지."

"설마요!"

목진풍이 펄쩍 뛰었다. 그 역시 명문정파인 개방의 제자인지라 엽자건의 말을 쉽사리 수긍키 어려웠던 것이다.

엽자건이 쓰게 웃었다.

"정답을 그대로 알려주진 않았을 거야. 하지만 명문정파의 제자들 중 상당수는 아주 오래전부터 팔괘미로칠성진의 원리를 공부한 적이 있었을 거야. 삼차관문 역시 비슷할 테고."

"그, 그건……."

"그런 건 부정이 아니란 건가? 그렇게 주장할 텐가?"

"……."

결국 목진풍이 입을 다물었다. 그의 양심이 엽자건이 한 말에 대한 저항을 포기하게 만든 것이다.

뚜둑!

엽자건이 목의 근육을 한차례 풀어 보인 후 말했다.

"그런데 이번엔 문제 유출이 좀 잘못된 것 같으니, 안됐구만."

"예? 그게 무슨……."

"제일 먼저 진에 뛰어든 자 말야. 상당히 꼴통이더라구. 진세의 생문과 사문(死門), 휴문(休門)을 가리지 않고 일직선으로 뚫고 지나가 버렸어. 덕분에 아마 그 뒤에 진에 뛰어든 자들은 지옥을 맛보게 될 거야. 팔괘미로칠성진이 본래의 생문을 모조리 닫아버리고, 사문과 휴문만을 가지게 되어버렸거든."

엽자건의 설명이 끝나고 얼마 지나지 않았을 때였다. 냉고성의 뒤를 쫓아 진에 뛰어들었던 후기지수들이 처절한 비명을 터뜨리기 시작했다.

"아악!"

"크아아악!"

"으아아아악!"

엽자건이 귀를 살짝 기울이더니, 눈살을 찌푸려 보였다. 생각했던 것보다 진의 변화가 더욱 흉험하게 변했다는 생각이 든다.

'설마 진을 중간에 멈추는 장치가 없다는 건가? 팔괘미로칠성진이 화가 나면 정말 무서운데…….'

목진풍이 다급한 표정으로 소리질렀다. 비명성 중에 가냘픈 여인의 것도 섞여 있었기 때문이다.

"형님, 어쩌면 좋겠습니까?"

"진의 중심부로 가야지. 그곳에 한시라도 빨리 도착해서 진의 중추를 부수면 변화가 멈출 거야."

"제가 당장 가겠습니다!"

"진, 모른다며?"

"예."

목진풍이 시무룩한 표정이 됐다. 꽃다운 여협들을 구할 기회를 또다시 얻지 못하게 된 것이다.

툭!

엽자건이 목진풍의 어깨를 두드린 후 씨익 웃어 보였다. 이가 희다.

"나랑 같이 가자. 남궁 소저도 도와주시오."

남궁수가 얼른 다가왔다. 어느새 손에는 청류하가 들려져 있다.

"진이라면 저도 조금은 압니다."

엽자건이 고개를 저어 보였다.

"지금 저 안의 상황은 남궁 소저가 아는 정도가 아니오. 아수라장이요. 그러니 내 뒤만 따라오도록 하시오."

"알겠어요."

남궁수가 고개를 끄덕여 보였다. 전날 백림산장에서와 마찬가지로 엽자건이 앞으로 나섰다. 그의 뒤를 따라 가슴이 뛰는 싸움을 다시 하게 된 것이다.

'물론 그때와는 좀 사정이 다르지만…….'

남궁수는 볼이 상기되는 걸 느꼈다.

그때 엽자건이 감요진 역시 불러들인 후 곧바로 진 안으로 신형을 날렸다. 냉고성이 고의로 박살낸 팔괘미로칠성진을 향해 아무런 두려움도 없이 뛰어든 것이다.

곧이어 그의 뒤를 남궁수와 감요진, 목진풍이 따랐다, 아무런 두려움이나 의구심없이.

쩌릉!

어느새 결합된 삼절마곤이 벼락같은 곤압을 쏟아냈다. 진의 외벽에 구멍을 뚫기 위해서였다.

*   *   *

소리없이 쌓이는 눈.

그 위를 답설무흔(踏雪無痕)의 초절정신법을 이용해 내달리던 유대유의 봉황안이 가볍게 찡그려졌다.

'또다시 후금의 정병을 만나게 되다니! 도대체 누가 이런 짓을 꾸미고 있는 것인가?

대충 백여 장가량 떨어졌을까?

저 멀리 보이는 눈 쌓인 초원에서 천 기가 넘는 기마병이 모습을 드러냈다. 한눈에 후금이 자랑하는 팔기군에 속한 최고의 정병임을 알 수 있다. 산해관을 넘은 후 다섯 차례나 경험했던 일이니 확실하다.

슥!

유대유가 천천히 걸음을 멈춘 후 봉황안으로 사방을 훑어봤다. 어딘가 피할 만한 곳을 찾기 위함이었다.

없었다.

이곳은 한도 끝도 없는 초원.

날개라도 돋지 않고는 눈앞에 보이는 천 기의 기마병으로부터 달아날 수 없는 게 당연하다.

"후욱!"

유대유의 입에서 한숨이 흘러나왔다. 또다시 죄업을 쌓아야 한다는 생각에 마음이 크게 무거웠다.

'최선두를 박살낸 후 그대로 신형을 날린다! 첫 일격으로 장수를 죽이면 정병이라 해도 혼란에 빠질 수밖에 없을 터!'

내심 생각을 정리하던 유대유의 봉황안이 다시 찌푸려졌다. 느닷없이 천 기의 기마병이 일제히 말을 멈추고는 장궁을 꺼내 드는 광경을 발견한 까닭이다.

후금 정병의 장궁!

북방 전체를 통틀어 가장 위협적인 병기였다. 또한 그것의 숫자가 일천에 이른다면 그 위력은 상상을 초월할 터였다. 수십 장이나 떨어진 장소에서 공격을 가할 수 있으니까 말이다.

"역시, 누군가 있는 것이겠지?"

유대유가 나직한 중얼거림과 함께 등에서 검은색 제미곤을 빼 들었다. 무림을 떠나며 단 한 번도 사용한 적이 없었던 애병, 묵룡천뢰곤(墨龍天雷棍)을 다시 손에 든 것이다.

그리고 바로 그때였다.

쉐쉐액!

첫 번째 장궁을 떠난 강전이 눈발 날리는 천공 위로 커다란 포물선을 그리고 얼마 지나지 않아서였다. 천 발이 넘는 강전이 하늘을 까맣게 물들였다. 유대유 단 한 명을 상대하기 위해 천 기의 기마병이 천 개나 되는 화살을 쏟아낸 거다.

스윽!

순간 유대유가 묵룡천뢰곤을 천천히 들어 올렸다. 그의 입을 뚫고 나직하나 힘이 깃든 사자후가 터져 나왔다.

"오라!"

〈제4권 끝〉

저작권 보호!!
장르문학의 성장에 힘이 되어주십시오.

저작물의 무단 전재와 복제, 불법 다운로드!
이것은 관심이 아니라 무관심입니다!

작가님들은 창의적 열정과 시간을 투자해 자신의 꿈과 생계를 유지합니다.
한 권의 책을 만들어 많은 사람들은 자신의 인생과 미래를 설계합니다.

저작물 속에는 여러 사람의 노력과 희망이 담겨 있습니다!

저작물의 무단 전재와 복제, 불법 다운로드는 여러 사람들의 꿈과 생계를
위협함으로써 장르문학을 심각한 상황에 빠뜨리고 있습니다.

이제는 무관심이 아니라 관심으로 장르문학의
성장에 힘이 되어주세요.

[도서출판 **청어람**은 항시적인 저작권 보호를 통해 장르문학과
여러분의 희망을 지키겠습니다.]

도서출판 청어람

少林棍王

소림 곤왕

한성수 新무협 판타지 소설

감동의 행진을 멈추지 않는 작가 한성수!

구대문파 시리즈의 두 번째 이야기 『소림곤왕』!!
그 화려한 무림행이 펼쳐진다

"너는 지금부터 날 사부님이라 불러야만 하느니라.
소림사의 파문제자인 나, 보종의 제자가 되어서 앞으로 군소리없이 수발을 들고 모진
고통을 이겨내며 무공 수련을 해야만 한다."

잡극계의 천금공자 엽자건!
소림의 파문제자 보종의 제자가 되다!!

역사와 가상.
실존의 천하제일인과 가상의 천하제일인에 도전하는 주인공!
이제부터 들어갑니다. 부디 마음껏 즐겨주시기 바랍니다.
– 작가 서문 中에서.

覇君
패군

설봉 新무협 판타지 소설

무협계를 경동시킨 작가, 설봉!
그가 다시금 전설을 만들어간다!!

수명판(受命板)에 놓고 간 목숨을 거둔 기록 이백사십칠 회!
생사를 넘나드는 전장에서 매번 살아 돌아오는 자, 계야부.
무총(武總)과 안선(眼線)의 세력 싸움에 끼어들다!

"죽일 생각이었으면 벌써 죽였다. 얌전히 가자."
"얌전히. 그 말…… 나를 아는 놈들은 그런 말 안 써."
무총은 그를 공격하지 않는다. 공격할 이유가 없다.
다른 사람들은 그의 존재조차도 알지 못한다.
오직 한 군데, 안선만이 그를 안다.
필요하면 부르고, 필요치 않으면 버리는
철면피 집단이 다시 자신을 찾아왔다.

나, 계야부! 이제 어느 누구에게도 휘둘리지 않겠다!!

귀도풍운

원수를 가르치고 원수에게 배워…
서로의 심장에 칼을 겨누는 것이
숙명인 저주받은 도법,

수라도(修羅刀)。

그 기원을 알 수조차 없을 만큼 수많은 세월을 이어져 내려온 이 도법은
새로운 피의 숙명을 잉태하였다.

저주받은 피의 고리를 끊어버릴 것인가,
체념한 채로 운명에 순응할 것인가.

유행이 아닌 자유추구 -
WWW. chungeoram.com
Book Publishing CHUNGEORAM